ABRAHAM LINCOLN

ESCRITOS E REFLEXÕES

Selecionado, editado e apresentado por R. B. Bernstein

PÉ da letra

"Longo ABRAHAM LINCOLN um pouco maior" – desenhado por Frank Bellew e publicado na Harper's Weekly, *em 1864. Lincoln tinha 1,93m (6ft 4in) de altura e a ilustração o mostra esticado e mais afinado, salientando sua iminente exaustão devido à guerra.*

Para Charles L. Zelden,
meu companheiro acadêmico,
com minha duradoura gratidão.

Abraham Lincoln - Writings and Reflections

Os direitos desta edição pertencem à
Pé da Letra Editora
Rua Coimbra, 255 - Jd. Colibri - Cotia, SP, Brasil
Tel.(11) 3733-0404
vendas@editorapedaletra.com.br / www.editorapedaletra.com.br

Esse livro foi elaborado e produzido pelo

Sr. ARANDA ESTÚDIO
(11) 93020-0036

TRADUÇÃO Flávio Furieri
DESIGN E DIAGRAMAÇÃO Adriana Oshiro
REVISÃO Larissa Bernardi e Paula Santana
COORDENAÇÃO Fabiano Flaminio

Impresso no Brasil, 2021

Dados Internacionais de Catalogação na Publicação (CIP)
Angélica Ilacqua - Bibliotecária - CRB-8/7057

Abraham Lincoln : escritos e reflexões / selecionado, editado e apresentado por R. B. Bernstein ; tradução de Flávio Furieri. – – Brasil : Pé da Letra, 2021.
160 p.

ISBN: 978-65-86181-79-1.
Título original : Abraham Lincoln : writings and reflections

1. Lincoln, Abraham, 1809-1865 – Discursos 2. Presidentes – Estados Unidos – Biografia 3. Estados Unidos – Política e governo, 1815-1861 I. Lincoln, Abraham, 1809-1865 II. Bernstein, R. B. III. Furieri, Flávio

20-2467 CDD 973.7092

Índices para catálogo sistemático:
1. Presidentes – Estados Unidos – Discursos – Biografias

Introdução

No jornal *New York World*, em 1909, Leo Tolstoi descreveu sua jornada para a terra dos circassianos, na Rússia. Eles estavam ansiosos para aprender sobre os grandes líderes do mundo, mas também queriam saber por que Tolstoi não havia mencionado o mais famoso:

"Mas você não nos contou uma palavra sobre o maior general e o maior governante do mundo. Queremos saber algo sobre ele. Ele foi um herói. Ele falava com a voz do trovão; ele ria como o nascer do sol e seus atos foram fortes como a rocha e tão doces quanto a fragrância das rosas. Os anjos apareceram para a sua mãe e previram que o filho que ela conceberia se tornaria o mais notável que as estrelas já haviam visto. Ele era tão grandioso que até perdoou os crimes de seus maiores inimigos e apertou as mãos daqueles que haviam conspirado contra sua vida. Seu nome era Lincoln e o país em que viveu se chama América, que está tão distante que se um jovem viajasse para alcançá-lo, ele seria um homem idoso quando chegasse. Conte-nos desse homem."

A versão mítica dos circassianos a respeito de Lincoln é apenas um pouco mais reverente do que a da maioria dos americanos comuns, mas não captura a essência do homem. Aclamado na história como o maior defensor da democracia e do governo constitucional, Lincoln era um político astuto e hábil; um mestre da palavra escrita e falada e um advogado versado. Mas será que compreendemos a natureza de suas ideias ou de sua carreira política? Entendemos como sua educação jurídica moldou seu desenvolvimento intelectual e político? De modo peculiar, vemos sua postura desconfortável como alguém que tem raízes entre as pessoas comuns, mas também como alguém cuja experiência jurídica o afasta delas? Lincoln encarnou o dilema democrático de um indivíduo ao mesmo tempo democrata e aristocrata, um homem comum que possui uma mente extraordinária.

Lincoln tinha forças e fragilidades humanas. Até hoje, discutimos se ele era a favor da igualdade racial ou se estava imbuído do racismo que maculou muitos americanos brancos. As questões de escravidão e raça estavam ligadas, ainda que distintas - era possível odiar a escravidão e, também, sentir preconceito contra pessoas de ascendência africana. Mesmo assim, como demonstrou Eric Foner, um dos acadêmicos mais relevantes sobre Lincoln, ele apresentou uma capacidade espantosa da evolução de suas ideias, envolvendo o lugar da escravidão e dos afro-americanos na vida americana.

Complementando os documentos coletados aqui, esta introdução é um esboço da vida de Lincoln. Explora sua habilidade literária, buscando entender por que ele era tão eficaz com a palavra falada e escrita. Ao mesmo tempo, considera Lincoln não apenas como uma personalidade histórica, mas, também, um intelectual.

I.
VIDA

Abraham Lincoln nasceu em 12 de fevereiro de 1809, filho de Thomas Lincoln e Nancy Hanks Lincoln. Ele nasceu em uma cabana de madeira perto de Hodgenville, Kentucky. Os Lincolns eram agricultores oriundos da Virgínia. Quando o filho tinha quase oito anos, os Lincolns deixaram Kentucky e se mudaram para Indiana. Eles tinham dois motivos: as incertezas dos títulos de terras de Kentucky que atormentavam os esforços de Thomas Lincoln para construir uma fazenda e a aversão dos Lincolns à escravidão.

Sua mãe morreu quando ele tinha oito anos, tendo consumido laticínios contaminados com a erva venenosa conhecida como "cobra branca"; a doença, uma forma de envenenamento, era popularizada como "doença do leite". Thomas Lincoln se casou quase um ano depois; sua segunda esposa, uma viúva enérgica, Sarah Bush Lincoln, tomou Abraham sob sua proteção e incentivou seus estudos. Thomas Lincoln viu o interesse de Abraham pela leitura como uma desculpa para a preguiça, impedindo-o de fazer suas tarefas.

Sendo seu pai, Thomas Lincoln poderia reivindicar todos os ganhos de Abraham, enquanto fosse menor de idade. Por esse motivo, Abraham decidiu viver por conta própria depois de completar 21 anos (Lincoln e seu pai nunca se reconciliaram). Essa decisão coincidiu com a mudança da família para Illinois. Abraham Lincoln, então, se estabeleceu na cidade de New Salem. Depois de trabalhar como ajudante em uma loja, ele entrou, com um parceiro, no negócio de administrar um mercado, que falhou; Lincoln passou anos pagando suas dívidas.

Durante seus vinte e poucos anos, Lincoln trabalhou como supervisor. Ele também ingressou na política, vencendo a eleição para a legislatura estadual durante quatro mandatos. Seu projeto era mudar a capital do estado, de Vandalia para Springfield. Lincoln estabeleceu a jurisprudên-

O local de nascimento de Abraham Lincoln reconstruído, no Condado de Hardin, Kentucky.

cia como sua carreira. Ele estudou lendo uma cópia surrada do livro "Comentários sobre as Leis da Inglaterra" de Sir William Blackstone, o clássico resumo do direito comum inglês e um padrão para os advogados americanos. Lincoln achou a legislação fascinante. Na sua época, a maioria dos advogados estudava direito aprendendo com um advogado sênior ou estudando por conta própria; depois, um comitê de profissionais locais decidia quem seria licenciado para exercer a advocacia. Lincoln foi um autodidata, com Blackstone sendo sua biblioteca de direito. Em setembro de 1836, ele passou no exame para o exercício da advocacia.

Lincoln desfrutou uma próspera advocacia, englobando de defesa criminal à reorganização ferroviária. Ele viajava pelo estado, circulando de tribunal em tribunal. Ele era um companheiro agradável, famoso por sua habilidade com os jurados. Com clientes, júris e advogados, usava seu fundo inesgotável de histórias engraçadas para estabelecer um terreno comum. Seu parceiro mais famoso foi William H. Herndon, que mais tarde escreveu uma clássica biografia de Lincoln. Herndon observou que ele, raramente, se abria com outras pessoas; ele tinha poucos amigos e nenhum confidente. Herndon lembrou-se de que a ambição de Lincoln "era como um pequeno motor que nunca parava".

Embora desejasse aprender, Lincoln tinha poucos livros. Ele teve uma modesta educação primária; a maior parte de sua educação foi autodidata, moldada por quatro livros. Em uma ordem aproximada, eram: a Bíblia do Rei Jaime, as obras de William Shakespeare, o livro 'Elementos' do geometra grego Euclides e o livro 'Comentários', de Blackstone. Ele leu a Bíblia, inicialmente, como cético, tendo estudado os argumentos do deísta Thomas Paine. Como a maioria dos céticos, ele dominou a Bíblia como um recurso para argumentação, mas quando seu pensamento religioso ficou imbuído de fatalismo sobre a natureza e o destino do homem, ele não mais considerava a Bíblia com ceticismo, citando-a em seus discursos. Shakespeare ensinou a Lincoln as complexidades da natureza humana. Euclides ensinou-lhe não apenas a geometria necessária para seu trabalho como agrimensor, mas, também, o poder e o valor da lógica. Por fim, Blackstone ensinou-lhe os rigores dos argumentos e análises jurídicos. Esses livros também ensinaram Lincoln sobre a escrita - como expressar ideias e argumentos com clareza e força, como analisar um argumento para elucidar seus pontos fortes e fracos e como usar uma linguagem simples e clara para expressar ideias complexas.

Os escritos de Lincoln evoluíram ao longo de sua vida. Quando, na década de 1830, entrou na política, adotou o estilo pomposo associado aos oradores de sua época - como Daniel Webster, John C. Calhoun e Henry Clay. O "Discurso do Liceu dos Rapazes", de 1838, exemplifica o estilo oratório inicial de Lincoln.

No início da década de 1840, Lincoln conheceu, cortejou e se casou com Mary Todd, a principal representante da sociedade de Springfield. Embora se amassem, seu casamento era turbulento e vexatório. Eles tiveram quatro filhos, embora apenas um tenha chegado à idade adulta - o mais velho, Robert Todd Lincoln.

Em meados da década de 1840, Lincoln reavivou seu interesse pela política, ingressando no Partido Whig. A maioria dos cidadãos de Illinois eram democratas que admiravam Andrew Jackson como símbolo da ascensão do homem comum. Lincoln preferia o projeto político do Partido Whig, apoiando a autoridade do governo em construir estradas, pontes, canais e promover o crescimento de ferrovias - para unir Illinois e os Estados Unidos como um único sistema econômico. Lincoln também se opôs à liderança desenfreada do presidente Jackson.

Percebendo que eles poderiam conduzir a Câmara do distrito de Lincoln, os Whigs de Illinois coordenaram para que os três principais políticos do partido se alternassem no poder, com Lincoln entrando pela primeira vez em 1846. Lincoln se opôs à Guerra dos Estados Unidos-México, insistindo que o Presidente James Knox Polk enganou o país sobre se, onde e como as forças mexicanas derramaram o sangue dos soldados americanos em solo americano. Ele insistiu que Polk havia lançado a guerra contra o México para adquirir novos territórios onde a escravidão pudesse se expandir.

No final de seu mandato na Câmara, Lincoln retomou a prática da lei, mantendo-se ativo na política de Whig. Ele trabalhou para conduzir Illinois nas eleições de 1848. Embora o candidato Whig, Zachary Taylor, tenha ganhado a presidência, as tentativas de Lincoln de ser nomeado para um cargo político, como recompensa por seu trabalho, fracassaram. Decepcionado, ele abandonou a política para se concentrar em sua advocacia. Em seis anos, no entanto, as consequências da Guerra dos Estados

Mary Todd Lincoln veio de uma família rica do Kentucky. Ela se casou com Abraão Lincoln depois de ter sido cortejado por seu rival político, Stephen A. Douglas.

Unidos-México para a expansão da escravidão e a natureza da União o levaram de volta à política. Ele se opôs à expansão da escravidão além de onde a lei estadual a havia estabelecido e defendeu o poder do Congresso para limitar a expansão da escravidão a novos territórios e estados.

Entre 1854 e 1861, quando o Partido Whig se desmantelou, os partidos dissidentes procuraram tomar o seu lugar como adversários dos Democratas. Os Democratas incluíam sulistas pró-escravos e "doughface" nortistas e das regiões do oeste, que acreditavam que aplacar os proprietários de escravos era vital para preservar os compromissos da Constituição dos EUA sobre a escravidão. Alguns partidos dissidentes defendiam causas que nada tinham a ver com a escravidão, como a oposição à imigração (os 'Sabe Nada') ou ao movimento maçônico (os Antimaçons). Outros grupos, como os partidos Liberdade e Solo Livre, eram explicitamente antiescravidão. Parte destes grupos se combinaram com alguns Democratas para formar os Republicanos. Lincoln se juntou a eles.

A posição dos Republicanos contra a escravidão variava da sua abolição imediata à restrição de sua expansão. A única forma de oposição à escravidão que Lincoln considerava constitucional era limitar a expansão da mesma; isso fez dele um moderado. Lincoln sempre se esforçou ao máximo para explicar seus pontos de vista sobre a escravidão, para que ninguém entendesse mal sua posição. Esse foi o objetivo de seu discurso de 1858, "Discurso da casa dividida".

Lincoln se encontrou com o senador titular democrata, Stephen A. Douglas, em sete debates realizados em todo o estado. Esses Debates Lincoln-Douglas foram verdadeiros debates. Um candidato falaria por uma hora; seu oponente falaria por uma hora e meia e, então, o candidato inicial encerraria em meia hora. Nesses debates turbulentos, a plateia provocava os palestrantes e os candidatos se enchiam de perguntas. A Constituição da época designava a eleição de senadores para as legislaturas estaduais. Embora Lincoln tivesse maior apoio popular, os democratas conquistaram mais cadeiras legislativas, reelegendo Douglas. Os debates fizeram de Lincoln uma figura política nacional, convencendo seus seguidores a apoiá-lo para a indicação presidencial republicana em 1860.

Em 1860, Lincoln teve que convencer a elite do norte de que ele era um candidato intelectualmente sério à presidência, não um caipira ocidental. Para esse fim, ele expôs seu "Discurso Cooper Union", em 1860. Nesse discurso, Lincoln contestou os argumentos do juiz Roger B. Taney sobre a opinião de *Dred Scott*: se os Pais Fundadores queriam proteger a escravidão como instituição nacional, negando o poder do governo federal de limitar a sua disseminação. Foi um sucesso notável, assim como o trabalho hábil de seus apoiadores na convenção republicana de Chicago, que o nomeou para a presidência.

Na época de Lincoln, os candidatos presidenciais não cruzavam a nação pedindo votos; fazer campanha para si mesmo indicava ambição excessiva. Em vez disso, eles ficavam em casa, recebendo delegações. Lincoln seguiu essas regras, permanecendo em Springfield e praticando direito até saber que fora eleito. Embora ganhando apenas 40% do voto popular, em uma disputa eleitoral dividida em quatro partes, ele obteve uma maioria esmagadora dos estados do norte e do oeste no colégio eleitoral, recebendo quase nenhum voto nos estados do sul.

Sete estados do sul votaram para deixar a União antes de sua posse. Duvidando (como muitos nortistas) de que os sulistas romperiam com a União, ele repetiu suas posições sobre a escravidão, a União e a secessão em seu Primeiro Discurso Inaugural, em 4 de março de 1861. Nas seis semanas seguintes à sua posse, mais quatro estados do Sul votaram para deixar a União; os onze estados se uniram para formar os Estados Confederados da América. Em 12 de abril de 1861, a artilharia confederada abriu fogo contra o forte dos EUA no porto de Charleston, SC - os primeiros tiros da Guerra Civil.

O espaço não permite uma descrição detalhada da presidência de Lincoln; podemos explorar alguns pontos gerais sobre ele como presidente.

Lincoln direcionou suas palavras e ações com base na Constituição. Quem, sob a Constituição, tem o poder de suspender o mandado de habeas corpus? Lincoln, finalmente, decidiu que tinha o poder de fazê-lo, buscando o consentimento do Congresso para que sua ordem executiva suspendesse o mandado. Lincoln também utilizou a emancipação como medida de guerra - libertando escravos para prejudicar a capacidade da Confederação de guerrear e administrar sua economia – referindo-se à Constituição e à incorporação das leis de guerra à mesma. Somente na presidência de Lincoln os poderes presidenciais de guerra se tornaram uma questão relevante no direito constitucional. Ele teve a ajuda de advogados como William Whiting, que em 1862 escreveu um tratado sobre os poderes de guerra, o qual, Lincoln estudou com cuidado, e Francis Lieber, que a convite de Lincoln estabeleceu as regras legais que governam as guerras nas quais os Estados Unidos se envolveriam.

Lincoln foi um comandante em chefe atuante, envolvido no esforço de guerra e supervisionando as ações de seus generais. Embora ele nunca tenha ultrapassado o posto de capitão na milícia de Illinois durante a Guerra de Black Hawk, na década de 1830, Lincoln não tinha vergonha de questionar o que seus generais estavam fazendo e por quê. Quando estava errado, Lincoln tinha honestidade para admitir isso – como quando disse ao general Grant que este estava certo e Lincoln estava errado (sobre os planos de Grant de capturar Vicksburg).

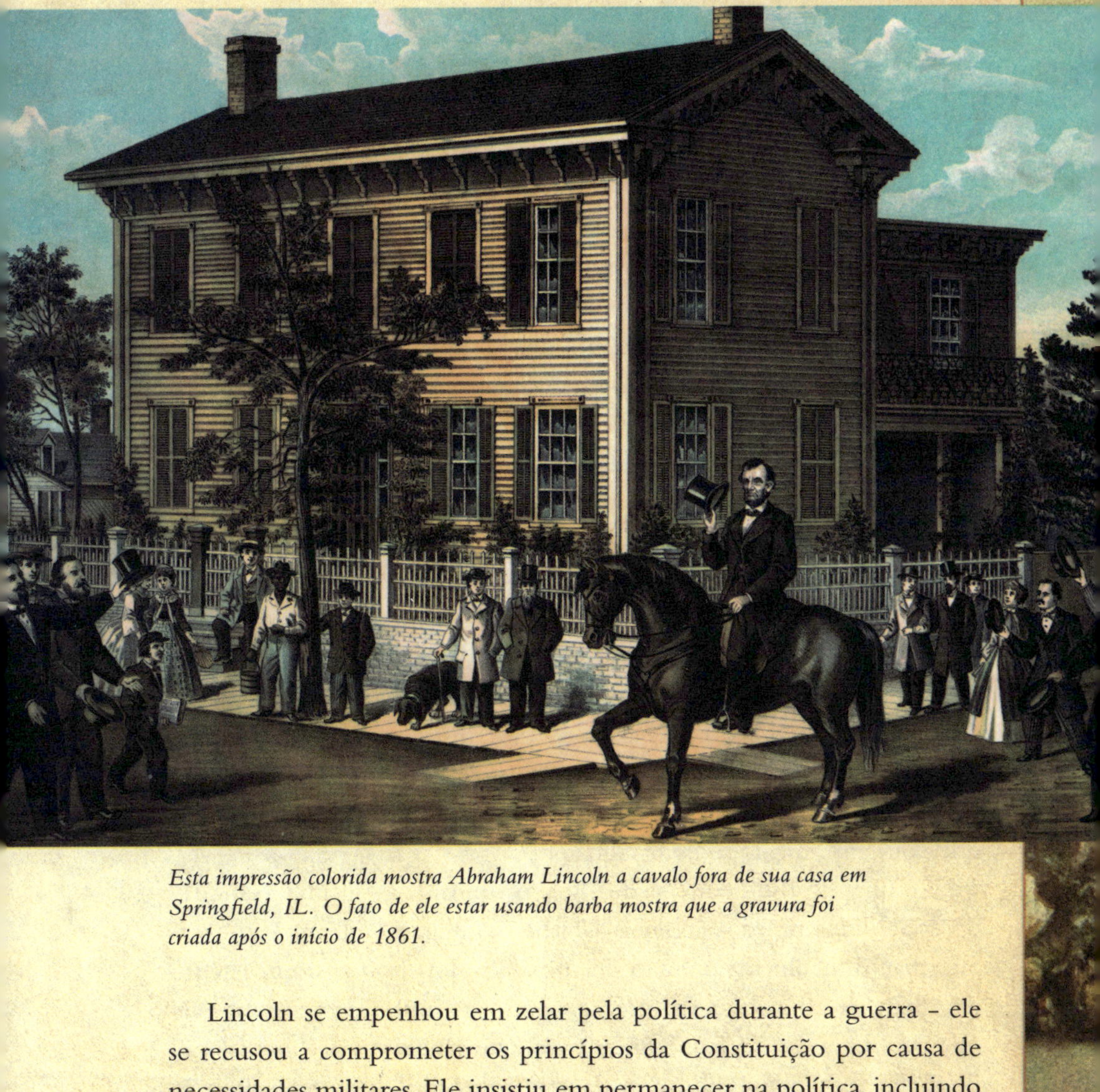

Esta impressão colorida mostra Abraham Lincoln a cavalo fora de sua casa em Springfield, IL. O fato de ele estar usando barba mostra que a gravura foi criada após o início de 1861.

Lincoln se empenhou em zelar pela política durante a guerra - ele se recusou a comprometer os princípios da Constituição por causa de necessidades militares. Ele insistiu em permanecer na política, incluindo uma eleição presidencial, em 1864. A única exceção foi seu consentimento em usar tribunais militares contra conhecidos simpatizantes confederados - embora, após sua morte, em *Ex parte Milligan* (1866), a Suprema Corte dos EUA, em um parecer de um dos indicados de Lincoln, o juiz David Davis, considerou inconstitucional o uso de tribunais militares em períodos e locais em que os tribunais comuns de justiça estivessem acessíveis e funcionando.

Lincoln tinha consciência do significado da Guerra Civil na história dos EUA e da história das experiências mundiais com democracia e governo constitucional. Em suas mensagens escritas e em discursos ocasionais, ele manteve um diálogo contínuo com o povo e a nação sobre esse aspecto da guerra.

As demandas da política durante a época de Lincoln exigiam um tipo especial de político - nem teóricos políticos abstratos como Hobbes, Locke, Hume e Rousseau, ou políticos práticos que dirigiam um governo mecanicamente, sem muita reflexão. Em vez disso, a era exigia políticos pensantes, que trabalhassem, principalmente, no campo prático da política, mas que também vissem e agissem com base no conceito e nos efeitos mais amplos do que era feito. Abraham Lincoln era um político pensante por excelência.

A guerra afetou Lincoln profundamente, que visitava regularmente o escritório de telégrafos perto da Mansão Executiva para monitorar os relatórios das linhas de frente. Em 1864, ele enfrentou o ex-general George B. McClellan como seu oponente democrata e considerou a possibilidade de não ser reeleito. Nesse caso, ele estava preparado para trabalhar com seu oponente para garantir uma transição suave. Mas, Lincoln não precisou se preocupar com essa possibilidade - ele foi reeleito com uma margem expressiva, incluindo apoio maciço de soldados que votavam no campo de batalha.

No final de 1864 e início de 1865, o rumo da guerra havia mudado, sob a liderança dos generais Ulysses S. Grant e William Tecumseh Sherman. Lincoln fez questão de apoiar os dois homens. Em janeiro de 1865, ele trabalhou em uma proposta de emenda constitucional que abolisse a escravidão. Essa emenda, que sancionou a Proclamação de Emancipação, foi encaminhada para os estados até o final do mês, sendo ratificada em dezembro. Teria sido impossível quatro anos antes.

Na época de sua segunda posse, Lincoln tinha certeza de que a guerra terminaria com a vitória da União. Em seu Segundo Discurso Inaugural, ele refletiu sobre as origens e o significado da guerra e suas consequências para o futuro da nação. Foi uma profunda meditação sobre a guerra; Frederick Douglass disse a Lincoln que seu discurso foi "um esforço sagrado", agradando o presidente.

Em 9 de abril de 1865, o general Robert E. Lee rendeu o Exército do norte da Virgínia ao General Grant no Tribunal de Appomattox, na Virgínia. Exausto pela provação de liderar o país em uma terrível guerra, Lincoln conversou com Maria sobre a possibilidade de viajar para a Terra Santa. Em 11 de abril de 1865, ele se dirigiu a uma multidão diante da mansão executiva e discutiu a reconstrução da União, incluindo a extensão do sufrágio a homens negros inteligentes, em particular àqueles que serviram à União de uniforme. Um membro da multidão, o ator John Wilkes Booth, ficou furioso com o apoio de Lincoln ao sufrágio de homens negros; ele jurou que "Lincoln pagaria por isso".

Lincoln com o general George B. McClellan após a batalha de Antietam em 1862. Lincoln dispensou McClellan um mês depois que essa foto foi tirada por Alexander Gardner.

Quatro dias depois, enquanto Lincoln assistia a uma comédia chamada 'Nosso Primo Americano', no Teatro de Ford, Booth entrou no prédio, entrou na cabine presidencial e atirou na cabeça de Lincoln à queima-roupa. Transportado para uma casa próxima, Lincoln morreu na manhã seguinte. Ele foi o primeiro presidente a ser assassinado; seus compatriotas desolados o consideraram um mártir.

II.
LINCOLN E HISTÓRIA

Lincoln sabia que estava vivendo em um momento crítico para os Estados Unidos, para o constitucionalismo e a democracia. Esse conhecimento o fez concentrar-se na história e na posição dos Estados Unidos nessa história. Em seus discursos ao longo de sua vida, a história ofuscou suas palavras e permeou seus argumentos. Lincoln, em sua mensagem anual de 1862, escreveu ao Congresso:

> **Os dogmas do passado tranquilo são inadequados para o presente tempestuoso. O momento está repleto de dificuldades e precisamos nos erguer - com a ocasião. Como nosso caso é novo, devemos pensar e agir de forma original. Devemos nos desiludir e, depois, poderemos salvar nosso país.**
>
> **Meus compatriotas, não podemos escapar da história. Nós, deste Congresso e deste governo, seremos lembrados, apesar de nós mesmos. Nenhuma relevância individual, ou irrelevância, poupará algum de nós.**

Em 1862, solicitando a emancipação gradual compensada como alternativa à guerra civil, Lincoln apelou ao Congresso e à nação americana - e mesmo àqueles que compunham a Confederação - a participar de uma ocasião histórica sem precedentes. Essa escolha impossibilitaria a todos de resistir à história. Na linguagem mais apaixonada e eloquente que ele já empregou à um grande objetivo político - uma linguagem que contrasta fortemente com a prosa árida, precisa e lógica que exibiu no plano de emancipação - Lincoln argumentou que a história testemunharia a oportunidade, sem precedentes, que a emancipação pacífica oferecia e qual escolha os americanos fariam sobre a questão.

Lincoln sabia que a história estava testemunhando como ele liderou os Estados Unidos na Guerra Civil - e como o país respondeu à sua liderança. O ponto central de sua fala e escrita durante a guerra foi seu diálogo com os americanos sobre o que a história exigia deles e como eles deveriam responder. Nesse diálogo, Lincoln se apresentou com humildade, negando que controlava os eventos e nunca de forma arrogante.

Lincoln pronunciou seu primeiro discurso importante sobre a história em janeiro de 1838, duas semanas antes de completar 29 anos e mais de um ano depois de se tornar advogado. Como um jovem advogado, ansioso para erguer sua prática, Lincoln estava pronto para aproveitar a chance de se dirigir ao Liceu dos Rapazes. Lincoln abordou o problema político central da época - preservar as instituições políticas do país após a saída dos fundadores do país. Observando que os Estados Unidos estavam em uma situação excepcionalmente favorável pela qual a geração atual não podia reivindicar crédito, exceto como herdeiros dos frutos dos trabalhos dos fundadores, Lincoln declarou que sua geração era obrigada a preservar as instituições políticas do país e passá-las à posteridade. Dois desafios poderiam interferir no cumprimento dessa responsabilidade: (i) a disposição de alguns de se envolverem na lei da máfia e na justiça vigilante; e (ii) na tentação daqueles com ambição para deixar de lado as instituições da nação e criar uma nova ordem política para favorecê-los. Lincoln estava pensando em César e em Napoleão. Alguns psicobiográficos argumentam que Lincoln estava confessando suas ambições, mas é mais provável que ele estivesse alertando-se, com sua audiência como testemunhas, para não sucumbir às tentações de ambição excessiva.

Em 1858, em seu segundo discurso clássico, "Casa Dividida", Lincoln também invocou a história, apresentando um dilema - a União poderia sobreviver permanentemente meio escrava e meio livre? Ele insistiu que a resposta era não, traçando a ameaça para as forças que estavam se empenhando para garantir que a escravidão se tornasse legal em toda a União. Lincoln esboçou como proprietários de escravos e políticos indolentes tentavam estabelecer a escravidão como uma instituição nacional, protegida pela cláusula da Constituição que salvaguarda os direitos de propriedade, fora do poder do governo federal. Um aspecto do discurso "Casa Dividida" e a origem de sua influência é o estilo de Lincoln - um estilo perspicaz, com o uso de linguagem simples, baseado em palavras de uma e duas sílabas, ressoando ao estilo da Bíblia do Rei Jaime. Outros aspectos notáveis do discurso são: seu domínio dos fatos e sua capacidade de explicá-los e sua significância.

O terceiro exemplo é o discurso mais longo e elaborado deste volume, o discurso de Lincoln em 1860 na Cooper Union em Nova York. Com base no discurso "Casa Dividida", Lincoln combinou seu uso de prosa simples e clara com uma pesquisa histórica completa. Seu objetivo era refutar o argumento do juiz Roger B. Taney em sua opinião de 1857 para a Suprema Corte dos EUA no caso *Dred Scott v. Sandford.* Taney fundamentou sua decisão de negar o poder do governo dos EUA de limitar a disseminação da escravidão em sua leitura da intenção original da Constituição - especificamente, em sua alegação de que os fundadores acreditavam que a raça negra não tinha direitos que a raça branca deveria respeitar. Citando a insistência de Taney, Stephen Douglas e seus aliados de que os Fundadores que estruturaram o governo sob o qual os americanos vivem, tinham todas as respostas às perguntas relacionadas à escravidão, sua expansão e o poder do governo federal para restringi-la, Lincoln demonstrou que os Fundadores atingiram respostas muito diferentes daquelas que Taney propôs e que Douglas e os outros apoiaram. Desmantelar o raciocínio da opinião de Taney significava derrubar a tentativa deste em minar a legitimidade de argumentar contra a expansão da escravidão, rejeitando sua tentativa de classificar os oponentes da escravidão como inimigos da Constituição ou da União.

Em 4 de março de 1861, quando proferiu seu Primeiro Discurso Inaugural, Lincoln defendeu a preservação da União, a impossibilidade da secessão, a falta de motivo dos apoiadores da escravidão de temer o poder ou a tendência do governo de interromper a escravidão onde fora estabelecido por lei, e a necessidade de paciência antes de tomar decisões irrevogáveis. Lincoln insistia em seu dever constitucional e em seu compromisso pessoal de preservar a União, e que ele agiria nesse

Retrato de grupo de escravos afro-americanos em torno de uma carroça puxada a cavalo em Cassina Point, plantação de James Hopkinson na Ilha Edisto, Carolina do Sul, 1862.

compromisso se, e somente se, outros tentassem perturbar a União e ameaçassem a Constituição. Ele fundamentou seu argumento, mais uma vez, na história e no texto constitucional.

O discurso mais brilhante de Lincoln foi o de 1863, na dedicação do cemitério em Gettysburg, Pensilvânia; os estados haviam construído o cemitério para acomodar as milhares de vítimas da batalha. Os organizadores da cerimônia convidaram Lincoln a participar apenas no último momento, mas Lincoln, prontamente, aceitou. Ele trabalhou em suas observações por duas semanas e ainda estava editando suas palavras na carruagem que o levava ao palanque. Suas 272 palavras levaram dois ou três minutos para serem pronunciadas, enquanto a principal oração do dia, feita pelo orador Edward Everett, levou duas horas. Depois, Everett escreveu para felicitar Lincoln: "Eu ficaria feliz, se pudesse me lisonjear, por ter chegado tão perto da ideia central da ocasião em duas horas, como você fez em dois minutos."

A brevidade e a familiaridade se conciliaram para obscurecer o quão profundo e revolucionário o discurso no cemitério de Gettysburg foi. Como todos os grandes discursos de Lincoln, apresenta o passado contra o presente, em uma discussão sobre o futuro. Lincoln começou referindo o nascimento dos Estados Unidos não ao período de 1787 a 1789 (estruturação, ratificação e efetivação da Constituição), mas em 1776, o ano da Declaração de Independência. Ele apresentou um novo entendimento do experimento nacional que a Declaração iniciou e do nacionalismo americano como uma combinação de princípios de liberdade e igualdade expressos pela Declaração. Na visão de Lincoln, a Guerra Civil se tornou um grande teste desta visão do experimento nacional americano. Lincoln implorou aos seus colegas americanos continuar a luta para justificar esse experimento americano. Esse objetivo era urgente porque alguns eventos que ocorriam no mundo desafiavam a democracia - as revoluções fracassadas de 1848, a derrubada da república francesa por um império liderado por Napoleão III e a queda francesa da república mexicana por um governo semi-monárquico liderado por um vice-rei imperial francês. Esses fatos explicam a conclusão quase pessimista do discurso de Gettysburg.

No Segundo Discurso Inaugural, Lincoln também colocou o passado contra o presente, discutindo sobre o futuro. Nesse discurso, o passado tinha dois aspectos - a longa história da escravidão na América e o passado imediato da crise de secessão e desunião de 1860 a 1861 e seu legado sangrento. Lincoln apresentou o passado imediato como o teste final do destino da escravidão e da nação. Lincoln insistiu que esses fatos importantes se desenrolaram sob os olhos atentos de Deus, consistente com Sua vontade. O fim da escravidão e o surgimento da nação americana livre dela se tornaram o mais recente dos julgamentos verdadeiros e justos de Deus. Como Lincoln disse em outra ocasião, ele afirmou não ter controle sobre os eventos, mas admitiu que os eventos o controlavam - e a nação; eventos manifestando a vontade de Deus, purificando a mancha da escravidão e definindo um futuro americano pós-escravidão.

RB Bernstein, Faculdade da Cidade de Nova York, março de 2019

A PRESERVAÇÃO DE NOSSAS INSTITUIÇÕES POLÍTICAS:

Discurso diante do Liceu dos Rapazes de Springfield, Illinois, 27 de janeiro de 1838

Duas semanas antes de seu vigésimo nono aniversário, o jovem advogado Abraham Lincoln pronunciou seu primeiro discurso importante, uma palestra para uma comunidade local dedicada a ajudar seus membros - jovens agricultores, comerciantes, empregados e comerciantes - se educarem sobre os assuntos do dia. Embora ele tenha orado no estilo esperado da década de 1830, o discurso permanece notável por sua profunda exploração do estado de direito, das ameaças a este e da necessidade de preservá-lo.

Como tema das análises da noite, *a preservação de nossas instituições políticas é selecionada.* No grande diário dos acontecimentos sob o sol, nós, o povo americano, achamos nossa conta, datada do século XIX da era cristã. - Nos encontramos em paz, na parte mais bela da terra, no que diz respeito à extensão do território, fertilidade do solo e salubridade do clima. Nós nos encontramos sob o governo de um sistema de instituições políticas, principalmente das liberdades civil e religiosa, maior do que qualquer outra registrada na história dos tempos antigos. Nós, ao subirmos no palco da existência, descobrimo-nos os herdeiros legais dessas bênçãos fundamentais. Nos esforçamos não na aquisição ou no estabelecimento deles - eles são um legado que nos foi deixado por uma geração outrora forte, corajosa e patriótica, mas, que se partiram. A tarefa deles (e nobremente a realizaram) foi adquirir, para eles, e para nós, essa boa terra; e erguer sobre suas colinas e vales um monumento político de liberdade e igualdade de direitos; é nosso dever transmitir o primeiro sem ser profanado por um invasor; e o segundo, sem ser afetado pelo lapso de tempo e não ser desfeito pela usurpação, para a última geração que o destino permitirá que o mundo conheça. Esta tarefa de gratidão aos nossos pais, justiça a nós mesmos, dever à posteridade e amor por nossa espécie em geral, exige fidelidade para a sua realização.

Como, então, devemos realizá-la? - Em que momento devemos esperar a aproximação do perigo? Por que meios devemos nos fortalecer contra isso? - Vamos esperar que algum gigante militar transatlântico entre no oceano e nos esmague com um golpe? Nunca! - Todos os exércitos da Europa, Ásia e África juntos, com toda a riqueza das terras (exceto a nossa) em seu poderio militar; com um Bonaparte como comandante não poderia, através da força, beber do Ohio ou fazer uma trilha no Blue Ridge em uma provação de mil anos.

Em que momento, então, é de se esperar a chegada do perigo? Eu respondo, se alguma vez chegar até nós, deverá surgir entre nós. Não pode vir do exterior. Se a nossa destruição é o nosso destino, nós mesmos devemos ser seus autores e executores. Como nação de homens livres, devemos sobreviver ou morrer por suicídio.

Espero estar superestimando; mas, se eu não estiver, existe, mesmo agora, algo mau agourado entre nós. Refiro-me ao crescente desrespeito pelas leis que permeiam o país; a crescente disposição de ardores selvagens e furiosos, em lugar do julgamento sóbrio dos tribunais; e o pior das multidões selvagens, em vez de ministros executivos da justiça. Essa disposição é terrivelmente assustadora em qualquer comunidade; e a existência destas, embora embaraçoso admitir, seria uma negação da verdade e um insulto à nossa inteligência. Relatos de revolta cometidas por multidões são as notícias diárias do momento. Eles permearam nosso país, da Nova Inglaterra à Louisiana; - eles não são estranhos às neves eternas do primeiro, nem aos sóis ardentes do último; - eles não são criaturas do meio - nem estão confinados aos Estados detentores ou não de escravos. Da mesma forma, surgem entre os senhores caçadores de escravos do sul e os cidadãos apreciadores das leis e da ordem. - Seja qual for, então, a causa deles é comum em todo o país.

Seria tedioso, além de inútil, contar os horrores de todos eles. Aqueles que estão acontecendo no estado do Mississippi e em St. Louis são, talvez, os exemplos mais perigosos e revoltantes para a humanidade. No caso do Mississippi, eles começaram enforcando jogadores de azar; um conjunto de homens, certamente não seguindo um meio de subsistência útil e honesta; mas que, longe de ser proibido pelas leis, foi licenciado por um ato do Legislativo, aprovado apenas um ano antes. Em seguida, os negros, suspeitos de conspirar para promover uma insurreição, foram apanhados e enforcados em todas as partes do Estado e, depois, homens brancos, supostamente aliados aos negros; e, finalmente, estrangeiros de Estados vizinhos, viajando à negócios, foram, em muitos casos, sujeitos ao mesmo destino. Assim continuou esse processo de enforcamento, de jogadores a negros, de negros a cidadãos brancos e destes a estranhos; até que homens mortos eram vistos literalmente pendurados nos galhos das árvores em todos os lados da estrada; e em número quase suficiente para rivalizar com o musgo espanhol nativo do país, como uma cortina da floresta.

Então, olhe para aquela cena de horror em St. Louis. Uma única vítima foi sacrificada lá. Sua história é muito curta; e é, talvez, a mais trágica, em qualquer de sua parcela, que já foi testemunhada na vida real. Um mulato chamado McIntosh foi agarrado da rua, arrastado para os subúrbios da cidade, acorrentado a uma árvore e queimado até a morte; e tudo dentro de uma única hora a partir do momento em que ele era um homem livre, cuidando de seus próprios negócios e em paz com o mundo.

Tais são os efeitos da lei da turba; e com esses acontecimentos, tornando-os cada vez mais frequentes nesta terra, ultimamente tão famosa pelo amor à lei e à ordem; e cujas histórias se tornaram familiares demais, para atrair algo mais do que uma observação trivial.

Mas, você deve estar se perguntando: "O que isso tem a ver com a preservação de nossas instituições políticas?" Eu respondo, tem muito a ver com isso. Suas consequências diretas são, comparativamente falando, apenas um mal pequeno; e muito do seu perigo consiste na tendência de nossas mentes em considerá-lo como as únicas consequências. Considerado de maneira abstrata, o enforcamento dos jogadores em Vicksburg foi de pouca importância. Eles constituem uma pequena parcela inútil da população em qualquer comunidade; e sua morte, se desconsiderada como exemplo pernicioso, nunca é motivo de arrependimento para ninguém. Se sua existência fosse removida anualmente pela peste ou varíola, homens honestos seriam, talvez, beneficiados. - Igualmente, o raciocínio é correto a respeito da queima do negro em St. Louis. Ele havia perdido o direito à vida após praticar o crime de assassinato contra um dos cidadãos mais dignos e respeitáveis da cidade; e se ele não tivesse morrido como morreu, ele teria morrido pela sentença da lei, muito pouco tempo depois. Quanto a ele, melhor como foi, do que como poderia ter sido. - Mas, em ambos os casos, o exemplo foi assustador. - Quando os homens colocam em suas cabeças a ideia de enforcar jogadores de azar ou queimar assassinos, eles devem se lembrar de que, na confusão que costuma ocorrer durante essas ocasiões, terão maior probabilidade de enforcar ou queimar alguém que não é jogador nem assassino como alguém que é; e que, seguindo o exemplo que eles deram, a multidão de amanhã pode e, provavelmente, irá enforcar ou queimar alguns deles pelo mesmo erro. E não é só isso; os inocentes, aqueles que nunca violaram a lei em suas diversas formas, assim como os culpados, serão vítimas da lei da turba; e assim prossegue, passo a passo, até que todos os muros erguidos para a defesa das pessoas e propriedades dos indivíduos sejam derrubados e descartados. Mas, nem tudo isso sequer é a extensão total do mal. - Por tais exemplos, os perpetradores de tais atos ficam impunes, em espírito, e são encorajados a se tornarem na prática; e, se acostumando à falta de restrição, apesar do pavor de punição, tornam-se, portanto, absolutamente irrestritos. - Tendo sempre considerado o governo como seu maior adversário, celebram a suspensão de suas operações; e não esperam por nada, mas sua total aniquilação. Enquanto, no outro lado, homens bons, homens que amam a tranquilidade, que desejam obedecer às leis e desfrutam de seus benefícios, que com prazer derramariam seu sangue na defesa de seu país; vendo suas propriedades destruídas; suas famílias insultadas e suas vidas ameaçadas; suas pessoas feridas; e não vendo nada em perspectiva que preveja uma mudança para melhor; cansam-se e enojam-se de um governo que não lhes oferece proteção; e não são muito avessos a uma mudança na qual eles imaginam que não têm nada a perder. Assim, pelo procedimento desse espírito 'mobocrático' que todos devem admitir está agora no exterior, o baluarte mais forte de qualquer governo e, particularmente, daqueles constituídos como o nosso, pode, efetivamente, ser desmantelado e destruído - quero dizer, o apego do povo. Sempre que esse efeito for conduzido entre nós; sempre que a porção viciosa da população puder se reunir em grupos de centenas e milhares e queimar igrejas, devastar e roubar lojas de suprimentos, jogar máquinas de impressão nos rios, atirar em editores e enforcar e queimar pessoas desagradáveis à vontade e com impunidade; podem acreditar, este governo não durará. Por essas razões, os melhores cidadãos ficarão, mais ou menos, alienados desse sentimento; e assim, ficarão sem amigos ou com poucos, e estes, fracos demais, para tornar uma amizade duradoura. Nesse momento e em tais circunstâncias, homens com talento e ambição suficientes aproveitarão a oportunidade, dar o golpe e derrubar aquela estrutura honesta que durante o último meio século tem sido a melhor esperança dos amantes de liberdade, em todo o mundo.

Sei que o povo americano é muito apegado ao seu governo; sei que sofreria muito por causa dele; sei que suportaria males por muito tempo e pacientemente, antes mesmo de pensar em trocá-lo por outro. No entanto, apesar de tudo isso, se as leis forem continuamente desprezadas e desconsideradas, se os direitos de segurança de suas pessoas e propriedades, não tiverem melhor domínio do que o capricho de uma multidão, a alienação de suas afeições do governo é a consequência natural; e isso, cedo ou mais tarde, poderá chegar.

Aqui, então, é um ponto em que o perigo pode ser enxergado.

A pergunta se repete: "como devemos nos proteger contra isso?" A resposta é simples. Que todo americano, todo amante da liberdade, todos que desejam seu futuro garantido jurem pelo sangue da Revolução, para nunca violar as leis do país; e nunca tolerar sua violação por outros. Como os patriotas de 1776 fizeram ao apoiar a Declaração da Independência, que todo americano possa prometer sua vida, sua propriedade e sua sagrada honra, e apoiar a Constituição e as Leis; - que todo homem lembre-se de que, ao violar a lei, ele está pisando no sangue de seu pai, destruindo seu próprio caráter e a liberdade de seus filhos. Que a reverência pelas leis seja inspirada por todas as mães americanas, pelo bebê que tagarela no colo - que seja ensinada nas escolas, nos seminários e nas faculdades; que seja escrita em cartilhas, livros de ortografia e almanaques; - seja pregada no púlpito, proclamada nas salas legislativas e aplicada nos tribunais de justiça. Em suma, que se torne a religião política da nação; e que os velhos e os jovens, os ricos e os pobres, os sérios e os alegres, de todos os sexos e línguas, cores e condições, sacrifiquem-se, incessantemente, ao seu altar.

Ainda que esse sentimento deva, universalmente, prevalecer em todo o país, serão inúteis todos os esforços e infrutíferas todas as tentativas de subverter nossa liberdade nacional.

Quando peço insistentemente uma estrita observância de todas as leis, que não seja entendido que não há leis ruins, nem que queixas não possam surgir, cuja compensação ainda não exista como decreto legal. - Eu não quero dizer isso. Mas quero dizer que, embora leis ruins, se existirem, devam ser revogadas o mais rápido possível, ainda que continuem em vigor, por uma questão de exemplo, elas devem ser observadas cuidadosamente. O mesmo acontece em casos destituídos. Se ocorrerem, deixe que sejam tomadas as devidas disposições legais com o menor atraso possível; mas, até então, que eles, se não forem intoleráveis, sejam admitidos.

Não há queixa que seja objeto de reparação pela lei da turba. Em qualquer caso que surja, como por exemplo, a promulgação do abolicionismo, uma das duas posições é necessariamente verdadeira; isto é, ela está correta em si mesma e, portanto, merece a proteção de toda lei e de todos os bons cidadãos; ou, está errada e, portanto, é apropriado ser proibida por decretos legais; e em nenhum dos casos, a interposição da lei da máfia é necessária, justificável ou desculpável.

Mas, pode-se perguntar, por que supor perigo para nossas instituições políticas? Não as preservamos por mais de 50 anos? E por que não, novamente, por mais 50 vezes?

Esperamos que não haja razão aceitável. Esperamos que todos os perigos sejam superados; mas, concluir que algum perigo pode, jamais surgir seria extremamente arriscado. Existem neste momento, e a partir deste, muitas causas com tendências perigosas que não existiam até então; e que não são insignificantes demais para merecer atenção. Que nosso governo conseguiu manter-se em sua forma original desde seu estabelecimento, até agora, não é de se admirar. Ele teve muitos adereços para apoiá-lo durante esse período e, agora, está deteriorado e desmoronado. Durante esse período, foi considerado por todos um experimento incerto; agora, é considerado bem-sucedido. - Então, todos que buscavam celebridade, fama e distinção esperavam encontrá--los no sucesso desse experimento. Todos eles apostaram nisso: - seu destino estava inseparavelmente ligado a ele. Sua ambição aspirava exibir-se diante de um mundo admirador, uma demonstração prática da verdade de uma proposição, que até então fora considerada, na melhor das hipóteses, não mais do que problemática; ou seja, a capacidade de um povo de se governar. Se conseguissem, seriam imortalizados; seus nomes seriam usados para condados e cidades, rios e montanhas; e seriam reverenciados, cantados e homenageados para sempre. Se falhassem, seriam chamados de esnobes, tolos e fanáticos por uma hora fugaz; depois afundariam, esquecidos. Eles triunfaram. O experimento foi bem sucedido; e milhares tornaram seus nomes imortais ao fazê-lo. Mas, o jogo está parado; e acredito que é verdade que essa interrupção acabe com os prazeres da caçada. Este campo de glória é colhido e a colheita já está apropriada. Mas, novos ceifeiros surgirão e eles também buscarão um campo. É negar, o que a história do mundo nos mostra ser a verdade, que homens com ambição e talento não continuarão surgindo entre nós. E, quando o fizerem, buscarão, naturalmente, a gratificação de sua paixão dominante, como outros fizeram antes deles. A questão então é: essa gratificação pode ser usada no apoio e manutenção de um monumento que foi erguido por outros? Certamente não pode. Muitos homens, grandes e bons, suficientemente qualificados para qualquer tarefa que empreenderem, podem ser localizados, cuja ambição inspiraria nada além de uma cadeira no Congresso, uma cadeira governamental ou presidencial; mas, estes não pertencem à família do leão, nem à tribo da águia. O que! acha que esses lugares satisfariam um Alexandre, um César ou um Napoleão? - Nunca! O gênio imponente despreza um caminho batido. Procura regiões até então inexploradas. - Não vê distinção em acrescentar história a história, nos monumentos de fama, erigidos à memória de outros. Nega que é glória suficiente para servir sob qualquer chefe. Despreza seguir os passos de qualquer predecessor, por mais ilustre que seja. Sedenta e entusiástica por distinção; e, se possível, terá, seja à custa de escravos emancipados ou escravizando homens livres. Não é razoável esperar, então, que algum homem possuidor do mais alto gênio, associado a uma ambição suficiente para impulsioná-lo ao extremo, venha a surgir em algum momento entre nós? E quando isso acontecer, será necessário que as pessoas estejam unidas umas às outras, junto com o governo e às leis e, geralmente inteligentes, frustrem com sucesso seus projetos.

A distinção será seu objetivo primordial e, embora ele o desejasse, talvez até mais, adquiri-lo fazendo o bem como o mal; no entanto, com a oportunidade perdida, e nada mais a ser feito para fundar, ele se atreveria a arruinar.

Aqui, então, está um caso provável, altamente perigoso, que não poderia ter existido até então.

Outra razão que já foi; mas que, na mesma medida, agora não existe mais, fez muito em manter nossas instituições até agora. Quero dizer, a poderosa influência que os incidentes mais impactantes da revolução tiveram sobre as paixões do povo, distintas de seus julgamentos. Por essa influência, o ciúme, a inveja e a avareza, naturais à nossa natureza e tão comuns a um estado de paz, prosperidade e força mental, foram, na época, em grande parte abafados e tornados inativos; enquanto os princípios profundamente enraizados do ódio e o poderoso motivador da vingança, em vez de se voltarem um contra o outro, foram dirigidos, exclusivamente, contra a nação britânica. E assim, a partir da força das circunstâncias, os princípios mais básicos de nossa natureza foram adormecidos ou se tornaram agentes ativos no avanço da causa mais nobre - a de estabelecer e manter a liberdade civil e religiosa.

Mas, esse estado de sentimento deve desaparecer, está desaparecendo, desapareceu, com as circunstâncias que o produziram.

Não quero dizer que as cenas da revolução sejam agora ou sempre serão inteiramente esquecidas; mas que, como tudo o mais, elas devem desaparecer da memória do mundo e tornar-se cada vez mais obscuras com o passar do tempo. Na história, esperamos que sejam reconhecidas e relembradas, enquanto a Bíblia for lida; - mas, mesmo admitindo que o farão, sua influência não pode ser a mesma até então. Mesmo assim, elas não podem ser tão universalmente conhecidas, nem tão vividamente sentidas, como foram pela geração que acabou de partir. Ao fim dessa luta, quase todos os homens adultos participaram de alguns de seus episódios. A consequência foi que, nesses episódios, na forma de marido, pai, filho ou irmão, uma história vivida era encontrada em todas as famílias - uma história com os testemunhos incontestáveis de sua própria autenticidade, nos membros mutilados, nas cicatrizes das feridas recebidas, no meio dos episódios relatados - uma história que poderia ser lida e entendida por todos, os sábios e os ignorantes, os instruídos e os não instruídos. – Mas, essas histórias se foram. Elas podem nunca mais ser lidas, para todo o sempre. Eles eram uma fortaleza de vigor; mas, o que o inimigo invasor nunca poderia fazer, a silenciosa artilharia do tempo fez; o nivelamento de suas paredes. Eles se foram. - Eles eram uma floresta de carvalhos gigantes; mas o furacão indominável tomou conta deles e deixou apenas, aqui e ali, um tronco solitário, despojado de sua verdura, despojado de sua folhagem; sombrio e lúgubre, murmurando algumas brisas suaves e combatendo com seus membros mutilados, mais algumas tempestades brutais, para depois afundar e deixar de existir.

Eles eram os pilares do templo da liberdade; e agora que eles desmoronaram, esse templo deve cair, a menos que nós, seus descendentes, ofereçamos, em seus lugares, outros pilares, cortados da pedreira sólida da razão inabalável. O ardor nos ajudou; mas não pode fazer mais nada. No futuro, será nosso inimigo. A razão, fria, calculista e sem paixão, deve fornecer todos os materiais para ser nosso apoio e defesa futuros. - Que esses materiais sejam moldados em inteligência universal, boa moral e, em particular, uma reverência pela Constituição e pelas leis: e que nos aprimoremos até o fim; que permaneçamos livres até o fim; que reverenciemos seu nome até o fim; que, durante seu longo sono, não permitamos que nenhuma presença hostil passe ou profane seu lugar de descanso; e será o aprendizado o último trunfo que despertará nosso WASHINGTON.

Sobre estes, repouse o orgulhoso tecido da liberdade, como a rocha de sua base; e, como foi dito sobre a única e maior instituição, "os portões do inferno não prevalecerão contra ele".

George Washington com o uniforme completo para a batalha final da Revolucionária Guerra em Yorktown, por Rembrandt Peale, 1824–25.

SOBRE A GUERRA MEXICANA

Para William H. Herndon, Washington, 15 de fevereiro de 1848

Em 1848, Lincoln era um membro do Partido Whig da Câmara dos Deputados dos EUA, em Illinois, já conhecido por sua opinião sobre a Guerra do México. Nesta carta a seu amigo e parceiro de direito, Lincoln procurou explicar suas suspeitas sobre o uso dos poderes presidenciais pelo presidente James Knox Polk e a questão de fazer guerra sob a Constituição dos EUA.

Caro William: - Recebi sua carta de 29 de janeiro ontem à noite. Sendo exclusivamente um argumento constitucional, desejo apresentar algumas reflexões sobre ele no mesmo espírito de bondade que sei que o impulsiona. Deixe-me, primeiro, expor o que entendo pela sua opinião. É que, se for necessário repelir uma invasão, o Presidente poderá, sem violar a Constituição, ultrapassar seu limite e invadir o território de outro país e não importa o caso, se houver necessidade, o Presidente será o único juiz.

Antes de prosseguir, considere bem se esta é ou não a sua opinião. Se for, é uma que o próprio presidente e seus amigos, até onde eu saiba, jamais assumiram. Suas únicas alternativas são: primeiro, que o solo era nosso quando as hostilidades começaram e, segundo, que seja por direito nosso ou não, o Congresso o anexou e o Presidente, por esse motivo,

Três homens da Guarda da Califórnia associados à Guerra do México, 1846-48.

é obrigado defendê-lo; ambos são, claramente, tão falsos quanto você provar que sua casa é minha. O solo não era nosso e o Congresso não o anexou, nem tentou anexá-lo. Mas, para retornar a seu ponto de vista. Se permitir que o Presidente invada uma nação vizinha sempre que julgar necessário repelir uma invasão e consentir sempre que ele decidir o motivo que considera necessário para esse fim, você permitirá que ele faça guerra ao seu bel prazer. Pesquise uma maneira de limitar seu poder a esse respeito após ter dado a ele o que você propõe. Se hoje ele decidir que acha necessário invadir o Canadá para impedir que os britânicos nos invadam, como você poderá impedi-lo? Você pode dizer a ele: "Não vejo nenhuma probabilidade dos britânicos nos invadirem"; mas, ele lhe dirá: "Fique em silêncio: eu vejo, mesmo que não o façam."

A atribuição da Constituição que confere o poder de guerra ao Congresso foi ditada, pelo que entendi, pelas seguintes razões: os reis sempre envolveram e empobreceram seu povo nas guerras fingindo, geralmente, se não sempre, que o bem das pessoas era o seu objetivo. Nesse caso, nossa convenção considerou ser a mais abusiva de todas as opressões reais e eles estruturaram a Constituição de modo que uma única pessoa não pudesse ter o poder de trazer essa opressão sobre nós. Mas, sua visão desmantela toda a questão e coloca nosso Presidente onde os reis sempre estiveram. Escreva em breve, novamente.

Atenciosamente,
A. Lincoln.

NOTAS SOBRE A PRÁTICA DA LEI

por volta de 1º de julho de 1850

Durante este período, Lincoln já era um advogado hábil, perito e veterano. Nesse conjunto de anotações, que pode ter sido para uma palestra àqueles que aspiram se tornar membros da Ordem dos Advogados, Lincoln abordou a posição ética do advogado de maneiras que tornaram essas anotações um exame clássico do assunto.

Eu não sou um advogado talentoso. Encontro assunto suficiente para uma palestra tanto nos momentos em que eu falhei, como naqueles em que tenho sido, moderadamente, bem-sucedido. A regra principal para o advogado, assim como para todo profissional, é a diligência. Não deixe para amanhã o que pode ser feito hoje. Nunca deixe suas correspondências ficarem atrasadas. Qualquer trabalho que você tenha em suas mãos, antes de parar, faça todo o trabalho que possa ser feito. Assim que obter um processo de direito comum, se você tiver em condição para fazê-lo, escreva a declaração imediatamente. Se uma questão da lei for envolvida, examine os livros e anote a jurisdição analisada na própria declaração onde você, certamente, a encontrará quando quiser. O mesmo de defesas e apelos. Nos negócios que, provavelmente, não são litigados - casos comuns de cobrança, execuções hipotecárias, partições e similares - faça todos os exames dos títulos, anote-os e até elabore, previamente, ordens e decretos. Este processo tem uma tripla vantagem; evita omissões e negligências, economiza seu trabalho realizado fora dos tribunais quando você está desocupado, ao contrário de dentro dos tribunais. A fala improvisada deve ser praticada e cultivada. É o jeito do advogado se conectar com o público. Por mais capaz e fiel que ele possa ser, em diversos aspectos, as pessoas demoram a contratá-lo se ele não puder fazer um discurso. E, no entanto, não há um erro mais fatal para os jovens advogados do que confiar demais em discursos. Se alguém, sob seu raro poder de se pronunciar, reivindicar uma isenção da labuta da lei, seu caso é um fracasso antecipado. Desencoraje litígios. Convença seus vizinhos a se comprometer sempre que puderem. Mostre a eles como o vencedor nominal, geralmente, é um verdadeiro perdedor - em taxas, despesas e perda de tempo. Como pacificador, o advogado tem uma melhor oportunidade de ser um bom homem. Ainda haverá negócios suficientes. Nunca mexa com litígios. Um homem pior não será encontrado do que aquele que faz isso. Quem pode ser mais parecido com um demônio do que aquele que, habitualmente, revisa o registro de ações em busca de defeitos nos títulos para despertar conflitos e colocar dinheiro no bolso? Uma índole moral deve ser infundida na profissão para expulsar tais homens. A questão dos honorários é importante, muito além da trivialidade envolvida. Feito adequadamente, a justiça é plena para o advogado e para o cliente. Nunca peça uma taxa exorbitante. Como regra geral, nunca receba antecipadamente todo o seu pagamento, nem mais que um pequeno valor. Quando o pagamento total é feito antecipadamente, você será mais do que um mero mortal se ainda sentir interesse no caso, como se ainda houvesse algo a almejar para você e para o seu cliente. E, quando você perder interesse no caso, o trabalho, provavelmente, não terá a habilidade e diligência esperadas. Decida o valor do honorário e pegue uma receita com antecedência. Então, você sentirá que está trabalhando para um propósito e, com certeza, fará seu trabalho fielmente e com habilidade. Nunca venda sua receita dos honorários - pelo menos, não antes de finalizar o serviço atual. Isso leva à negligência e à desonestidade - negligência por perder o interesse no caso e desonestidade em recusar o reembolso quando seu serviço falhar. Existe uma crença obscura e popular de que os advogados são, necessariamente, desonestos. Digo obscura porque, quando consideramos em que medida a confiança e as honras são depositadas e conferidas a advogados pelo povo, parece improvável que sua impressão de desonestidade seja tão distinta e vívida. No entanto, a impressão é popular, quase universal. Que nenhum jovem que escolher a lei como chamado, por um momento, ceda à crença popular - resolva ser honesto em todos momentos; e se, em seu próprio julgamento, você não puder ser um advogado honesto, decida ser honesto sem ser um advogado. Escolha alguma outra ocupação em vez escolher outra da qual você consente, com antecedência, ser um idiota.

Foto de Abraham Lincoln durante suas viagens como advogado, tirada por Amos T. Joslin, 27 de maio de 1857.

PASSAGEM SOBRE A ESCRAVIDÃO,

por volta de 1854

Lincoln costumava anotar argumentos e linhas de pensamento em pedaços de papel de rascunho e salvar essas passagens para serem transformadas em discursos. Esta, em particular, apresenta um argumento poderoso contra as justificativas habituais para uma pessoa que escraviza outra, mostrando uma profunda simpatia da parte de Lincoln pela posição da pessoa escravizada.

Se A. pode provar, ainda que de maneira conclusiva, que ele pode, com razão, escravizar B. - por que B. não pode usar o mesmo argumento e provar, igualmente, que ele pode escravizar A?

Você diz que A. é branco e B. é preto. É cor, então; o mais claro tem o direito de escravizar o mais escuro? Tome cuidado. Por essa regra, você poderá ser escravizado pelo primeiro homem que encontrar com uma pele mais clara que a sua.

Você não quer dizer exatamente a cor? - Você quer dizer que os brancos são intelectualmente superiores aos negros e, portanto, têm o direito de escravizá-los? Tome cuidado novamente. Por essa regra, você poderá ser escravizado pelo primeiro homem que encontrar com um intelecto superior ao seu.

Mas, digamos que é uma questão de benefício; e, se puder se beneficiar, você tem o direito de escravizar outro. Muito bem. E se o outro também se beneficiar, ele tem o direito de escravizar você.

"Dois bandoleiros da fronteira não identificados, com espadas": uma fotografia tirada em Clinton, Iowa, entre 1854 e 1860, mostrando ativistas da escravidão que cruzaram o território do Kansas para promover sua causa.

PARA JOSHUA F. SPEED

24 de agosto de 1855

Speed, um indivíduo do Kentucky, era um dos amigos mais antigos de Lincoln. Nesta carta, notavelmente sincera e direta, Lincoln procurou explicar a Speed sua oposição à Lei Kansas-Nebraska, recentemente adotada, de 1854, que provocou uma controvérsia persistente e, cada vez mais amarga, sobre a expansão da escravidão em novos estados e territórios ocidentais. Lincoln viu essa expansão como uma grave ameaça ao futuro da União e, de fato, do governo constitucional.

Caro Speed: - Você sabe como sou um correspondente terrível. Desde que recebi sua carta, muito agradável, em 22 de maio, eu pretendia escrever-lhe uma resposta. Você sugere que, na esfera política atual, você e eu diferiríamos. Suponho que sim; mas, não tanto quanto você pensa. Você sabe que eu não gosto de escravidão; e você admite que, em geral, é errado. Até agora, não temos razões diferentes. Mas, você diz que, antes de ceder seu direito ao escravo - especialmente por convite daqueles sem interesse, veria a União dissolvida. Não sei se alguém está lhe pedindo que ceda esse direito; certamente eu não estou. Deixo esse assunto inteiramente com você. Também, reconheço seus direitos e minhas obrigações de acordo com a Constituição, em relação aos seus escravos. Confesso que odeio ver as pobres criaturas caçadas, capturadas e carregadas de volta às suas celas, trabalhos pesados, sem recompensa; mas, mordo meu lábio e fico quieto. Em 1841, você e eu fizemos uma tediosa viagem de maré baixa, em um barco a vapor de Louisville para

St. Louis. Você deve se lembrar, como eu também, desde Louisville até a foz do Ohio, estavam a bordo dez ou uma dúzia de escravos, algemados com ferros. Essa visão foi um tormento contínuo para mim; e vejo algo assim toda vez que entro em Ohio, ou em qualquer outra região com escravos. Não é justo você presumir que não tenho interesse em algo que tem exercido continuamente o poder de me deixar infeliz. Você deveria apreciar o quanto a grande população do norte se atormenta a fim de manter sua lealdade à Constituição e à União.

Eu me oponho à extensão da escravidão porque meu julgamento e sentimentos me motivam; não tenho obrigação em contrário. Se por isso, você e eu tivermos que nos divergir, que assim seja. Você diz que se fosse presidente, enviaria um exército e enforcaria os líderes ultrajados do Missouri nas eleições do Kansas; ainda assim, se Kansas se eleger como um estado escravocrata, esta decisão deve ser admitida ou a União terá que ser dissolvida. Mas, se Kansas se eleger um estado escravocrata injustamente - isto é, pelos próprios meios pelos quais você diz que enforcaria homens? Ela ainda deve ser admitida ou a União deve ser dissolvida? Esse será o foco da pergunta quando ela se tornar prática. Na sua suposição de que haveria uma decisão justa sobre a questão da escravidão no Kansas, vejo, claramente, que você e eu diferiríamos sobre a Lei de Nebraska. Eu encaro esse decreto não como uma lei, mas, desde o início, como uma violência. Foi concebido em violência, aprovado em violência, é mantido em violência e está sendo executado em violência. Eu digo que foi concebido em violência porque a destruição do Compromisso de Missouri, nessas circunstâncias, foi nada menos que violenta. Foi aprovado em violência porque não poderia ter sido, senão, pelos votos da maioria dos representantes, que violaram a vontade de seus constituintes. Ele é mantido em violência porque as eleições exigem, claramente, sua revogação e essa demanda é, abertamente, desconsiderada. Você diz que homens devem ser enforcados pelo modo como estão executando essa lei; digo que o modo como está sendo executada é tão bom quanto seu passado. Está sendo executada da maneira exata à qual foi planejada, desde o início; senão, por que nenhum homem de Nebraska expressa espanto ou crítica? O pobre Reeder é o único homem público que foi tolo o suficiente para acreditar que algo como igualdade foi intencional; ele foi gravemente enganado.

Que o Kansas formará uma Constituição Escravocrata e, com ela, pedirá para ser admitido na União, considero uma questão já resolvida; pelos mesmos meios que você, tão claramente, condena. Pelos princípios de direito realizados por qualquer tribunal, norte ou sul, todo negro levado para o Kansas é livre; no entanto, em absoluto desrespeito a isso - através do espírito de violência, aquela bela legislatura aprova uma lei para enforcar homens que se aventuram a informar um negro de seus direitos legais. Essa é a essência e o objetivo real da lei. Se, como Hamã, eles forem pendurados na forca em sua própria moradia, não estarei entre os enlutados pelo destino deles.

Com minha humilde participação, defenderei a restauração do Compromisso de Missouri enquanto o Kansas permanecer um território; e, quando, por todos esses meios sujos, procurar entrar na União como um estado escravocrata, eu me oporei. Em todo caso, estou relutante no meu consentimento ao gozo de bens adquiridos ou realizados de boa-fé; mas, não admito que levar um negro ao Kansas para ser mantido em escravidão, mesmo que em boa fé, seja uma possibilidade para qualquer homem. Qualquer homem que tenha sensibilidade suficiente para ser o controlador de sua própria propriedade, tem capacidade para entender o caráter ultrajante de todo esse negócio de Nebraska. Mas eu divago. Em minha oposição à admissão do Kansas, terei companhia; mas podemos ser derrotados. Se formos, não tentarei, por esse motivo, dissolver a União. Pelo contrário, se conseguirmos, teremos o suficiente para cuidar da União. Eu acho provável, no entanto, sermos derrotados. Se, portando, como uma unidade entre vocês mesmos, podem, direta e indiretamente, corromper nossos homens o suficiente para mudar seu apoio - como faria em uma proposição aberta para estabelecer a monarquia. Escolha um homem do Norte cuja posição e capacidade seja tal que ele possa apoiar seu projeto - seja ele qual for - e torná-lo uma necessidade do partido democrático, e tudo está feito. Sobre isso, deixe-me contar uma anedota. Douglas apresentou o projeto de lei de Nebraska em janeiro. Em fevereiro, houve uma sessão do Legislativo de Illinois. Dos 100 membros que compunham os dois ramos desse órgão, cerca de 70 eram democratas. Estes últimos, fizeram uma reunião política na qual o projeto de lei de Nebraska foi mencionado, se não formalmente discutido. Foi, assim, descoberto que apenas três e não mais, eram a favor da medida. Em um dia de duas ordens de Dougla [sic], houve resoluções aprovando a lei; e foram passadas pela maioria!!! A verdade disso é confirmada por um ex-membro democrático. As massas também, democráticas e 'whig', eram ainda mais unânimes contra ela; mas, assim que a necessidade do partido de apoiá-la se tornou aparente, o modo como a democracia começou a ver a sabedoria e a justiça dela, foi incrivelmente surpreendente.

Você diz que se o Kansas se eleger um estado livre, como cristão, você se alegraria com isso. Todos os proprietários de escravos decentes falam dessa maneira; e não duvido da sinceridade deles. Mas, eles nunca votam dessa maneira. Embora, em uma carta ou conversa particular você expresse sua preferência de que o Kansas seja livre, você não votaria em nenhum homem no Congresso que dissesse a mesma coisa publicamente. Nenhum homem assim poderia ser eleito em qualquer distrito de um estado escravocrata. Você acha que Stringfellow & Co deveria ser enforcado; e, ainda assim, na próxima eleição presidencial você votará no mesmo tipo de representante da Stringfellow. Os criadores e comerciantes de escravos são uma classe pequena, odiosa e detestada entre vocês; e, no entanto, na política, eles dominam todos vocês e são tão seus senhores quanto você é o mestre de seus próprios negros. Você pergunta o que eu apoio. Esse é um ponto controverso - acho que sou um 'whig'; mas, outros dizem que não há 'whigs' e que eu sou um abolicionista. Quando eu estava em Washington, votei no 'Wilmot Proviso' quase 40 vezes e nunca ouvi falar de ninguém tentar me remover do partido por isso. Agora, não faço mais do que me opor à extensão da escravidão.

Eu não sou um Nada-Sei. Isso é certo. Como eu poderia ser? Como pode alguém que abomina a opressão dos negros ser favorável ou degradar a classe de brancos? Nosso progresso em nos corromper parece-me bastante acelerado. Como nação, começamos declarando que "todos os homens são criados iguais". Agora, mudamos praticamente para "todos os homens são criados iguais, exceto os negros". Quando os Nada-sei tiverem controle, será "todos os homens são criados iguais, exceto negros, estrangeiros e católicos". Quando chegar a esse ponto, prefiro emigrar para um país onde eles não fingem amar a liberdade - para a Rússia, por exemplo, onde o despotismo pode ser tomado de forma pura e sem sustentação da hipocrisia.

Mary, provavelmente, passará um dia ou dois em Louisville, em outubro. Meus melhores cumprimentos à Sra. Speed. Sobre o principal assunto desta carta, tenho mais simpatia a ele do que a sua. E, no entanto, deixe-me dizer que sou

Seu amigo para sempre
A. Lincoln.

Desenho de um leilão de escravos em Austin, Texas, publicado no Harper's Weekly, 1861. De um esboço original de Theodore R. Davis.

DISCURSO DA CRISE DA CASA DIVIDIDA

16 de junho de 1858

Nesse discurso poderoso e intensamente discutido, Lincoln aceitou a nomeação do partido republicano como candidato a senador norte-americano de Illinois, colocando--o contra o atual titular Stephen A. Douglas. Douglas foi o autor e defensor da Lei Kansas-Nebraska, de 1854 e um dos principais candidatos à presidência em 1860. Lincoln argumentou que a nação não poderia resistir, permanentemente dividida entre estados escravocratas e estados livres; que as forças da escravidão estavam empenhadas em transformar a escravidão não em uma instituição local, mas, nacional tornando toda a nação hospitaleira à ela; e que todos os homens que se preocupavam se a escravidão dominaria a nação ou deixaria de existir deveriam se opor a Douglas, seus aliados da escravidão e à sua expansão.

Sr. Presidente e Senhores da Assembleia.

Se pudéssemos, primeiro, saber onde nos encontramos e para onde estamos caminhando, poderíamos julgar melhor o que fazer e como fazê-lo.

Estamos, agora, no quinto ano desde que uma política foi iniciada com o objetivo declarado e a promessa confiante de pôr fim à campanha da escravidão.

Retrato de Abraham Lincoln, em 28 de fevereiro de 1857, um ano antes da campanha de 1858 para o Senado dos EUA. Por Alexander Hesler, Chicago, Illinois.

Sob a atuação dessa política, essa campanha não apenas não terminou, mas aumentou constantemente.

Na minha opinião, não cessará até que uma crise seja iniciada e terminada. "Uma casa dividida contra si mesma não pode se sustentar."

Eu acredito que este governo não pode se sustentar, permanentemente, meio escravo e meio livre.

Não espero que a União seja dissolvida - não espero que a casa desmorone – mas, suponho que deixará de ser dividida.

Tornar-se-á, completamente, uma coisa ou outra.

Ou os abolicionistas da escravidão interromperão a sua propagação e a colocarão na memória pública e na crença de que ela está em vias de extinção definitiva; ou seus defensores a levarão adiante, até que se torne igualmente legal em todos os Estados, tanto antigos quanto novos - tanto no norte quanto no sul.

Não tendemos para a última condição?

Aqueles que duvidam, contemplem, cuidadosamente, a quase completa combinação legal - 'peças do Mecanismo', por assim dizer - compostas pela doutrina de Nebraska e pela decisão de Dred Scott. Que ele considere não apenas o trabalho para o qual o Mecanismo está adaptado e quão bem adaptado; mas, também, que ele estude a história de sua origem e rastreie, se puder, ou melhor, falhe, se puder, as evidências do projeto e ação combinada entre seus principais arquitetos desde o início.

Mas, até agora, apenas o Congresso havia agido; e o aval do povo, real ou aparente, era indispensável para preservar o objetivo alcançado e para dar chance para mais.

O novo ano de 1854 estabeleceu a exclusão da escravidão de mais da metade dos Estados pelas Constituições Estaduais e da maior parte do território nacional por proibição do Congresso.

Quatro dias depois, iniciou-se a luta que terminou em revogar essa proibição do Congresso.

Isso abriu todo o território nacional à escravidão e foi o primeiro ponto conquistado.

Essa necessidade não havia sido negligenciada; mas havia sido previsto, como poderia ser, no notável argumento de "soberania ocupada", também chamado de "direito sagrado de autogoverno", cuja última frase, embora expresse a única base legítima de qualquer governo, foi corrompida na tentativa de usá-lo para o argumento: se um homem escolhe escravizar outro, nenhum terceiro homem poderá objetar.

Esse argumento foi incorporado ao próprio projeto de lei de Nebraska, expresso a seguir: "Sendo a verdadeira intenção e razão deste ato não legislar a escravidão em nenhum território ou estado e não excluí-la destes; mas, deixar seu povo perfeitamente livre para formular e regular seus costumes domésticos à sua maneira, sujeitos apenas à Constituição dos Estados Unidos."

Com isso, abriu o urro da declamação solene em favor da "soberania dos ocupantes" e do "direito sagrado ao autogoverno."

"Mas", disseram os membros da oposição, "sejamos mais específicos - alteremos o projeto de lei para declarar, expressamente, que o povo do território pode excluir a escravidão." "Nós não", disseram os amigos da medida; e abaixo votaram a emenda.

Enquanto o projeto de lei de Nebraska passava pelo Congresso, um caso envolvendo a questão da liberdade de um negro devido a seu proprietário o ter, voluntariamente, levado, primeiro, a um estado livre e, depois, a um território coberto pela proibição do Congresso e o mantido como escravo durante muito tempo, em cada um deles, era discutida pelo Tribunal de Circuito dos EUA para o Distrito de Missouri; e tanto o projeto de lei quanto o processo de Nebraska foram levados a uma decisão final no mesmo mês de maio de 1854. O nome do negro era "Dred Scott", cujo nome agora designa a sentença tomada no caso.

Antes da eleição presidencial seguinte, o caso chegou ao tribunal supremo dos Estados Unidos e foi discutido; mas a decisão foi adiada para depois da eleição. Mesmo assim, antes da eleição, o senador Trumbull, no plenário do Senado, solicitou que o principal advogado do projeto de Nebraska expusesse sua opinião se o povo de um território poderia, constitucionalmente, excluir a escravidão de seus limites; e o último responde: "Essa é uma pergunta para a Suprema Corte."

A eleição chegou. O Sr. Buchanan foi eleito e o endosso, como se encontrava, garantido. Esse foi o segundo ponto ganho. O endosso, no entanto, ficou aquém da maioria popular por quase 400 mil votos e, portanto, talvez não fosse extremamente confiável e satisfatório.

O Presidente em fim do seu mandato, em sua última mensagem anual, de forma admirável, rebateu de volta ao povo o impacto e a autoridade do endosso.

A Suprema Corte reuniu-se novamente; não anunciou sua decisão, mas ordenou uma nova argumentação.

A posse presidencial chegou e, ainda, nenhuma decisão do tribunal; mas o novo presidente, em seu discurso de posse, exortou, fervorosamente, o povo a respeitar a próxima decisão, qualquer que fosse.

Então, em alguns dias, veio a decisão.

O renomado autor do projeto de lei de Nebraska faz um discurso antecipado na capital, endossando a decisão Dred Scott e denunciando, veementemente, todos que se opõem a ela.

O novo Presidente, também, aproveita a ocasião da carta de Silliman para defender e analisar, categoricamente, essa decisão e expressar seu espanto por alguma opinião diferente já ter sido aceita.

Por fim, uma briga entre o Presidente e o autor do projeto de lei de Nebraska sobre a mera questão do fato: se a Constituição de Lecompton foi ou não, em qualquer sentido, feita pelo povo do Kansas e, nessa disputa, o autor declara que tudo o que ele quer é um voto justo pelo povo, que ele não se importa se a escravidão for rejeitada ou aceita. Não entendo essa declaração de que ele não se importa se a escravidão for rejeitada ou aceita, exceto como uma maneira dele impressionar a mente do público - o princípio pelo qual ele declara ter lutado muito e está pronto para lutar até o fim.

E que ele possa se apegar a esse princípio. Se ele tem algum sentimento de pai, que se apegue a ele. Esse princípio é o único fragmento que resta de sua doutrina original de Nebraska. Sob o decreto de Dred Scott, a "soberania ocupada" e sua existência caiu como andaimes temporários - como o molde da fundição que sofreu uma explosão e se tornou areia solta - ajudou a realizar uma eleição e, depois, foi jogado aos ventos. Sua luta tardia, junto com os republicanos, contra a Constituição de Lecompton, envolveu nada da doutrina original de Nebraska. Essa luta foi feita sobre um ponto, o direito de um povo de fazer sua própria Constituição, sobre a qual ele e os republicanos nunca diferiram.

Os vários pontos do decreto de Dred Scott, em conexão com a política de "não se preocupar" do senador Douglas, constituem a peça do mecanismo em seu atual estado de avanço. Este foi o terceiro propósito conquistado.

Os propósitos desse mecanismo são:

Primeiro, que nenhum escravo negro, importado como tal da África, e nenhum descendente desse escravo, jamais poderá ser cidadão de qualquer Estado no sentido daquele termo usado na Constituição dos Estados Unidos.

Este propósito foi feito para privar o negro, em todos os casos possíveis, do benefício desta garantia da Constituição dos Estados Unidos, que declara que:

"Os cidadãos de cada Estado terão direito a todos os privilégios e imunidades dos cidadãos nos vários estados."

Em segundo lugar, que "sujeito à Constituição dos Estados Unidos", nem o Congresso, nem uma Assembleia Legislativa Territorial podem excluir a escravidão de qualquer Território dos Estados Unidos.

Este argumento foi criado para que homens possam encher os territórios de escravos sem o perigo de perdê-los como uma propriedade e, assim, aumentar as chances de permanência da escravidão como instituição para a eternidade.

Em terceiro lugar, se o fato de possuir um negro escravo em um Estado livre passaria a ser livre, a corte dos Estados Unidos não decidiria contra o seu proprietário, mas deixaria a decisão para os tribunais de qualquer Estado escravocrata que o negro possa ser forçado a entrar.

Isto é feito de maneira a não ser questionado imediatamente; mas, se for consentido por um determinado tempo e, então, apoiado pelo povo em uma eleição, pode-se concluir, logicamente, que o proprietário do escravo Dred Scott poderia, legalmente, fazer com este, no Estado de Illinois, o que qualquer outro proprietário pudesse legalmente fazer com qualquer escravo, ou mil, em Illinois ou em qualquer outro Estado abolicionista.

Secundário a tudo isso e trabalhando lado a lado com ela, a doutrina de Nebraska, ou o que resta dela, é educar e moldar a opinião pública, pelo menos a da região norte, para não se preocupar se a escravidão for rejeitada ou aceita.

Isso mostra, exatamente, onde estamos neste momento e, parcialmente, também, para onde estamos caminhando.

Ele lançará uma luz adicional sobre o segundo, para retornarmos e refletir sobre a série de fatos históricos já declarados. Várias coisas, agora, parecerão menos sombrias e misteriosas do que no momento em que ocorriam. O povo deveria ser deixado "perfeitamente livre", "sujeito apenas à Constituição". O que a Constituição tem a ver com isso, forasteiros não entenderiam. É óbvio, agora, que era uma brecha exatamente adequada para o decreto de Dred Scott, mais tarde, aparecer e declarar a liberdade do povo, que não era liberdade nenhuma.

Por que a emenda, expressamente declarando o direito do povo de excluir a escravidão, foi rejeitada? Claramente, agora, a adoção da mesma teria enfraquecido a brecha do decreto de Dred Scott.

Por que a decisão do tribunal foi suspensa? Por que a opinião individual de um senador se manteve até depois da eleição presidencial? É óbvio que, agora, falar em público teria prejudicado o argumento "perfeitamente livre" sobre o qual a eleição seria realizada.

Por que a felicitação do presidente, no fim do seu mandato, pelo endosso? Por que o atraso de um outro debate? Por que a exortação antecipada do novo presidente a favor da decisão?

Esses atos parecem as carícias cautelosas a um cavalo vivaz preparando-se para montá-lo, quando se teme que ele possa derrubar o cavaleiro.

E, por que o apoio apressado após as recomendações da decisão do presidente e de outros?

Não podemos, absolutamente, acreditar que todas essas acomodações precisas foram combinadas previamente. Mas, quando vemos muitas madeiras emolduradas, diferentes partes das quais sabemos foram retiradas em diferentes momentos e lugares e por diferentes trabalhadores - Stephen, Franklin, Roger e James, por exemplo - e quando vemos essas madeiras unidas, que formam, exatamente como a estrutura de uma casa ou um moinho, todos os encaixes e espigas se encaixam com precisão e todos os comprimentos e proporções das diferentes peças adaptadas aos seus respectivos lugares, e não havendo uma peça demais ou muito pequena - sem omitir nem mesmo os andaimes - ou, se uma única peça estiver faltando, podemos ver o local no qual ela se ajusta, nesse caso, é impossível não acreditar que Stephen, Franklin, Roger e James entenderam-se desde o início e todos trabalharam em um plano ou rascunho comum, redigido antes da execução da primeira etapa.

Não se deve esquecer que, pelo projeto de lei de Nebraska, o povo de um Estado e do Território deveria ser deixado "perfeitamente livre", "sujeito, apenas, à Constituição."

Por que mencionar um Estado? Eles estavam legislando por territórios e não por ou sobre Estados. Certamente, o povo de um Estado está e deve estar sujeito à Constituição dos Estados Unidos; mas, por que a menção disso é arrastada para essa lei meramente territorial? Por que as pessoas de um território e as pessoas de um Estado são agrupadas e sua relação com a Constituição é tratada exatamente como igual?

Embora a opinião da Corte, pelo juiz Taney, no caso Dred Scott, e as opiniões independentes de todos os juízes juntos declarem, expressamente, que a Constituição dos Estados Unidos não permite que o Congresso, nem um legislador territorial excluam a escravidão de qualquer território dos Estados Unidos, eles omitem declarar se a mesma Constituição permite ou não que um Estado ou o povo de um Estado, a exclua.

Possivelmente, isso é uma mera omissão; mas, quem pode ter certeza de que, se McLean ou Curtis tivessem declarado uma opinião sobre dar poder ilimitado às pessoas de um Estado para excluir a escravidão de seus limites, assim como Chase e Macy procuraram obter tal declaração em nome do povo de um território, dentro do projeto de lei de Nebraska - pergunto, quem pode ter certeza de que não teria sido rejeitado, no seu caso, assim como no outro.

A abordagem mais próxima relacionada à declaração do poder de um Estado sobre a escravidão é feita pelo juiz Nelson. Ele aborda isso mais de uma vez, usando a mesma ideia e quase a mesma linguagem do ato de Nebraska. Em uma ocasião, sua declaração exata foi: "exceto nos casos em que o poder é restringido pela Constituição dos Estados Unidos, a lei do Estado é suprema sobre o assunto da escravidão sob sua jurisdição."

Em todos os casos onde o poder dos estados é contido pela Constituição dos EUA, é deixada uma questão em aberto, exatamente como a mesma questão quanto à restrição ao poder dos territórios foi deixada em aberto no ato de Nebraska. Junte-se os dois e temos outra pequena brecha, que podemos, logo, preenchê-la com outra decisão da Suprema Corte, declarando que a Constituição dos Estados Unidos não permite que um Estado exclua a escravidão de seus limites.

E isso pode ser, potencialmente, esperado se a doutrina de "não se importar se a escravidão é rejeitada ou aceita" influenciar a decisão do público o suficiente para prometer que tal decisão possa ser mantida quando for tomada.

Tal decisão é tudo o que a escravidão agora carece de ser legal em todos os Estados.

Bem-vinda ou indesejável, essa decisão, provavelmente, está chegando e, em breve, estará sobre nós, a menos que o poder da atual dinastia política seja encarado e derrubado.

Vamos nos deitar, agradavelmente, sonhando que o povo do Missouri está prestes a tornar seu Estado livre; e acordaremos para a realidade, em vez disso, que a Suprema Corte fez de Illinois um Estado escravocrata.

Enfrentar e derrubar o poder dessa dinastia é o trabalho diante de todos aqueles que queiram impedir essa consumação.

Isto é o que temos que fazer.

Mas, como podemos fazer isso da melhor maneira?

Existem aqueles que nos denunciam abertamente a seus próprios amigos e, ainda, nos sussurram que o senador Douglas é o instrumento mais adequado que existe para alcançar esse objetivo. Eles desejam que deduzamos tudo que ele, agora, tem uma pequena disputa com o atual chefe da dinastia e que ele votou, regularmente, conosco, em um único ponto, sobre o qual ele e nós nunca diferimos.

Eles nos lembram que ele é um grande homem e que o maior de nós é pequeno ao seu lado. Que isso seja admitido. Mas "um cachorro vivo é melhor que um leão morto". O juiz Douglas, se não é um leão morto para esta tarefa, é, no mínimo, enjaulado e sem dentes. Como ele pode se opor aos avanços da escravidão? Ele não liga para o seu fim. Sua missão declarada está impressionando o "coração público" para não se importar com isso.

Um importante jornal democrata de Douglas acredita que o talento superior dele será necessário para resistir ao renascimento do comércio de escravos na África.

Será que Douglas acredita em um esforço para reavivar esse comércio? Ele não disse isso. Ele, realmente, pensa assim? Mas, se for, como ele pode resistir? Durante anos, ele trabalhou para provar que é um direito sagrado dos homens brancos levar escravos negros para novos territórios. Ele será capaz de demonstrar que é um direito sagrado inferior comprá-los onde eles são mais baratos? E, inquestionavelmente, eles podem ser comprados mais barato na África do que na Virgínia.

Ele fez tudo ao seu alcance para reduzir toda a questão da escravidão a um mero direito de propriedade e, como tal, como ele pode se opor ao comércio exterior de escravos - como ele pode recusar que o comércio dessa "propriedade" seja "perfeitamente livre" - a menos que ele faça isso como uma proteção à produção doméstica? Como os produtores domésticos, provavelmente, não pedirão proteção, ele ficará totalmente sem motivo de oposição.

O senador Douglas sustenta, sabemos, que um homem pode, com razão, ser mais sábio hoje do que era ontem - que ele pode mudar, legitimamente, quando cometer um erro.

Mas, podemos, por esse motivo, avançar e inferir que ele fará mudanças das quais ele próprio não deu nenhuma indicação? Podemos basear, com segurança, nossa ação em inferência tão vaga?

Agora, como sempre, desejo não deturpar a posição do juiz Douglas, questionar seus motivos ou fazer algo que possa ser pessoalmente ofensivo para ele.

Sempre que pudermos nos unir em princípio, para que nossa grande causa possa ter a ajuda de sua grande habilidade, espero não interpor nenhum obstáculo acidentalmente.

Mas, claramente, ele não está agora conosco - ele não finge estar - ele não promete estar.

Nossa causa, então, deve ser confiada e conduzida por seus próprios aliados indubitáveis - aqueles cujas mãos estão livres, cujos corações estão na luta - que se importam com o resultado.

Dois anos atrás, os republicanos da nação reuniram mais de 130 mil homens.

Fizemos isso sob o único impulso de resistir a um perigo comum, com todas as circunstâncias externas contra nós.

De elementos estranhos, discordantes e até hostis, nos reunimos aos quatro ventos, formamos e travamos a batalha sob o fogo quente, constante de um inimigo disciplinado, orgulhoso e mimado.

Enfrentamos todos, então, para vacilar agora? - quando o mesmo inimigo está vacilando, dividido e beligerante?

O resultado não é duvidoso. Não falharemos - se permanecermos firmes, não falharemos.

Conselhos sábios podem acelerá-la e erros, atrasá-la, porém, mais cedo ou tarde, a vitória certamente virá.

CARTA PARA JAMES N. BROWN

18 de outubro de 1858

Nos debates do Senado de 1858, Lincoln, frequentemente, enfrentava acusações de que desejava igualdade social e política entre os membros das raças branca e negra. Ciente dos perigos políticos de aparentar concordar com essa posição, Lincoln argumentou como advogado e como se nunca houvesse endossado ou adotado tal posição, deixando claro que a oposição à escravidão era a posição moral, legal e política correta. Como argumento, ele citou como apoio à sua posição seu herói político, o falecido senador e ex-presidente da Câmara Henry Clay do Kentucky.

Meu caro senhor,

Não percebo como posso me expressar mais claramente do que fiz nos resumos anteriores. Em quatro deles, neguei, expressamente, toda a intenção de promover a igualdade social e política entre as raças branca e negra e, em todo o resto, fiz a mesma coisa através de clara insinuação.

Eu deixei igualmente claro que acho que o negro está incluído na palavra "homens" usada na Declaração de Independência.

Acredito que a declaração de que "todos os homens nascem iguais" é o princípio fundamental sobre o qual repousam nossas instituições livres; que a escravidão negra viola esse princípio; mas que, de acordo com a organização do nosso governo, esse princípio não se tornou uma obrigação legal; que, de acordo com a organização do nosso governo, os estados que têm escravidão devem retê-la ou entregá-

-la à sua vontade; e que todos os outros - indivíduos, estados livres e governo nacional - são constitucionalmente obrigados a deixá-los sozinhos quanto a isso.

Acredito que nosso governo foi assim moldado por causa da necessidade que surgiu da presença real da escravidão quando foi formado.

Que tal necessidade não existe nos territórios onde a escravidão não foi instituída.

Em seu discurso em Mendenhall, Clay diz: "Agora, como um princípio abstrato, não há dúvida da verdade dessa declaração (todos os homens nascem iguais) e é desejável, na construção original da sociedade e nas sociedades organizadas, mantê-lo em consideração como um grande princípio fundamental."

Mais uma vez, no mesmo discurso, o Sr. Clay diz: "Se existisse um estado natural e estivéssemos prestes a lançar as bases da sociedade, nenhum homem seria mais fortemente contrário do que eu em incorporar a instituição da escravidão entre seus elementos;"

Exatamente. Em nossos novos territórios livres, existe um estado natural sobre isso. Neles, o Congresso lança os fundamentos da sociedade; e, ao lançar essas bases, digo, com o Sr. Clay, que é desejável que a declaração da igualdade de todos os homens seja mantida em consideração como um grande princípio fundamental; e que o Congresso, que estabelece os fundamentos da sociedade, deveria, como Clay, opor-se fortemente à incorporação da escravidão entre seus elementos.

Mas, a igualdade social e política entre brancos e negros não deve ser incorporada porque a escravidão também não será. A declaração não exige isso.

Seu, como sempre
A. Lincoln.

FRAGMENTO: ÚLTIMO DISCURSO DA CAMPANHA NO SENADO

Springfield, Illinois, 30 de outubro de 1858

Este fragmento resume as posições que Lincoln assumiu ao longo da épica campanha de 1858, em Illinois, para a cadeira no Senado dos EUA, em particular, os argumentos que ele fez nos sete clássicos debates Lincoln-Douglas.

Meus amigos, hoje se encerram as discussões sobre esta apuração. O plantio e o cultivo terminaram; resta, apenas, a preparação e a colheita.

Eu estou aqui cercado por amigos - alguns políticos, todos amigos pessoais, eu creio. Se eu puder ser tolerado, nesta etapa final, a dizer algumas palavras sobre minha pessoa. Tive uma parte trabalhosa e, em alguns aspectos, uma parte dolorosa dessa luta. Em sua duração, não ofendi nem lutei contra nenhuma parte da Constituição. O direito legal do povo do sul de recuperar seus fugitivos, eu sempre aceitei. O direito legal do Congresso de interferir com suas instituições dentro dos estados, neguei constantemente. Ao resistir à expansão da escravidão para um novo território e, com isso, o que me parece ser uma tendência a subverter o primeiro princípio de um governo próprio e livre consistiu todo o meu esforço. De acordo com o meu julgamento, trabalhei a favor e não contra a União. Assim como não senti, também não expressei nenhum sentimento severo

Considerado o último retrato sem barba de Lincoln, esta foto foi "feita para o pintor de retratos, John Henry Brown, conhecido por suas miniaturas em marfim. ... 'Há tantas linhas duras em seu rosto', escreveu Brown em seu diário, 'que se torna uma máscara para o homem interior. Seu verdadeiro caráter só brilha quando está em uma conversa animada ou quando conta uma história divertida. ... Dizem que ele é um homem caseiro; acho que não". Fotografia de Preston Butler, Springfield, Illinois, 13 de agosto de 1860.

em relação a nossos irmãos do sul. Eu sempre declarei, como realmente sempre acreditei, que a única diferença entre eles e nós é circunstancial.

Eu nunca pretendi atacar os motivos de grupos ou indivíduos; e, se em qualquer caso (do qual não estou consciente), me afastei do meu propósito, lamento.

Eu disse que em alguns aspectos a disputa foi dolorosa para mim. Eu e aqueles com quem eu ajo foram constantemente acusados do propósito de destruir a União; e ofendidos por todos os apelidos odiosos imagináveis; alguns, que eram amigos, por assim dizer, mas ontem se tornaram mais ativos nisso. Cultivei paciência e não tentei responder.

Ambição me foi atribuída. Deus sabe como orei, sinceramente, desde o início para que essa batalha contra a ambição não seja iniciada. Não reivindico insensibilidade a honras políticas; mas, hoje, a restrição do Missouri poderia ser restaurada e toda a questão da escravidão poderia substituir o antigo argumento da "tolerância por necessidade" onde ela existe, com hostilidade inflexível à propagação dela; em princípio, eu consideraria, de bom grado, que o juiz Douglas nunca saísse e eu nunca entrasse em um cargo público, enquanto nós dois, ou nenhum, vivamos.

PARA HENRY L. PIERCE E OUTROS

Springfield, Illinois, 6 de abril de 1859

Nesta carta, enquanto graciosamente recusava um convite para vir a Boston para participar de cerimônias em homenagem a Thomas Jefferson, Lincoln procurava deixar claro que admirava Jefferson e, em particular, seus princípios e argumentos para a liberdade e igualdade humanas. Lincoln escreveu sabendo que sua carta, provavelmente, seria lida em voz alta no evento e, assim, ganharia ampla publicidade.

Sua nota educada convidando-me para participar de um festival em Boston, no 13º. Inst. em homenagem ao dia de nascimento de Thomas Jefferson, foi devidamente recebida. Meus compromissos são de tal ordem que não posso comparecer.

Lembrando que cerca de 70 anos atrás, dois grandes partidos políticos foram formados neste país, que Thomas Jefferson era o chefe de um deles e Boston a sede do outro, é curioso e interessante que aqueles supostos descendentes do partido oposto a Jefferson comemorem seu dia de nascimento na sede do império, enquanto aqueles que reivindicam a descendência política dele, quase deixaram de sussurrar seu nome.

Lembrando, também, que o partido de Jefferson foi formado com base em sua suposta devoção superior aos direitos pessoais dos homens, mantendo os direitos de propriedade apenas secundários e bem inferiores, e assumindo que a chamada democracia de hoje são os 'Jeffersons' e seus oponentes, os partidos 'anti-Jeffersons', será igualmente interessante observar quão inteiramente os dois mudaram de mãos quanto ao princípio sobre o qual eles deveriam, originalmente, estar divididos.

Aquatint de Thomas Jefferson (1755–1828), terceiro Presidente dos EUA, usando uma coroa de louros, de Michal Sokolnicki.

A democracia de hoje declara a liberdade de um homem como absolutamente inexistente quando entra em conflito com o direito de propriedade de outro homem. Os republicanos, pelo contrário, são a favor do homem e do dinheiro; mas, em casos de conflito, o homem antes do dinheiro.

Lembro-me de uma vez em que fiquei muito divertido ao ver dois homens parcialmente intoxicados, em uma briga com seus casacos e que, depois de uma longa e bastante inofensiva disputa, terminaram com cada um tirando o seu próprio casaco e, no final, usando o do outro. Se os dois principais partidos atuais são, realmente, idênticos aos dois nos dias de Jefferson e Adams, eles realizaram o mesmo feito que os dois homens bêbados.

Mas, sobriamente, nesta nação, não é mais uma brincadeira de criança preservar os princípios de Jefferson de sua total destruição.

Alguém diria, com grande confiança, que ele poderia convencer qualquer criança sã de que as proposições mais simples de Euclides são verdadeiras; mas, no entanto, ele falharia completamente com alguém que negue suas definições e axiomas. Os princípios de Jefferson são as definições e axiomas da sociedade livre. E, no entanto, eles são negados e evitados com grande demonstração de sucesso. Um define-os arrojadamente como "generalidades cintilantes"; outro, bruscamente, os chama de "mentiras evidentes"; e, ainda, outros, insidiosamente argumentam que se aplicam apenas a "raças superiores".

Essas expressões, diferindo na forma, são idênticas em objeto e efeito - a superação dos princípios do governo livre, restaurando os de classificação, casta e legitimidade. Eles adorariam uma convocação de cabeças coroadas, conspirando contra o povo. Eles são a vanguarda - os mineiros e demolidores - do retorno do despotismo. Devemos repeli-los ou eles nos subjugarão.

Este é um mundo de compensações; quem não quer ser escravo, deve consentir em não ter escravo. Quem nega liberdade aos outros, não a merece para si; e, sob um Deus justo, não pode mais mantê-la.

Toda honra a Jefferson - ao homem que, na pressão real de uma luta pela independência nacional por um único povo, tinha a frieza, a previsão e a capacidade de introduzir em um documento meramente revolucionário uma verdade abstrata, aplicável a todos os homens. O tempo todo e para, então, preservá-lo ali, naquele dia e nos dias que virão, será uma reprimenda e um obstáculo para os precursores do ressurgimento da tirania e da opressão.

Seu servo obediente,
A. Lincoln.

CARTA PARA JESSE W. FELL, INCLUINDO AUTOBIOGRAFIA

20 de dezembro de 1859

O breve e modesto esboço de uma autobiografia de Lincoln mostra que ele estava relutante em escrever sobre sua vida e circunstâncias. Uma vez, ele citou a frase do poeta inglês Thomas Gray, "os curtos e simples anais dos pobres", para descrever suas origens e desenvolvimento. Assim que soube que era um dos principais candidatos à indicação presidencial do Partido Republicano, em 1860, ele superou sua relutância o suficiente para escrever esse relato resumido de sua vida.

Meu caro senhor:

Aqui está um pequeno esboço, como você pediu. Não há muito, pelo motivo, suponho, que não há muito de mim. Se alguma coisa for feita com o que tem, desejo que seja modesto e não vá além dos materiais. Se for necessário incorporar algo de qualquer um dos meus discursos, suponho que não haveria objeção. Claro que não deve aparentar ter sido escrito por mim.

Atenciosamente,
A. Lincoln.

Abraham Lincoln com seu filho Willie, no início da década de 1860.

[Anexo:]

Nasci em 12 de fevereiro de 1809, no Condado de Hardin, Kentucky. Meus pais nasceram na Virgínia, de famílias indistintas - famílias secundárias, talvez eu devesse dizer. Minha mãe, que morreu no meu décimo ano, era de uma família com o nome de Hanks, alguns dos quais agora residem em Adams e outros, em Macon Counties, Illinois. Meu avô paterno, Abraham Lincoln, emigrou do Condado de Rockingham, Virgínia, para Kentucky, por volta de 1781 ou 2, onde, um ou dois anos depois, ele foi morto por índios, não em batalha, mas furtivamente, quando estava trabalhando para abrir uma fazenda na floresta. Seus ancestrais, que eram quakers, foram para a Virgínia do Condado de Berks, na Pensilvânia. Um esforço para identificá-los como uma família da Nova Inglaterra com o mesmo nome resultou em nada mais definitivo do que uma semelhança de nomes cristãos em ambas as famílias, como Enoque, Levi, Mardoqueu, Salomão, Abraão e similares.

Meu pai, com a morte de seu pai, tinha apenas seis anos de idade; e ele cresceu, literalmente, sem educação. Ele se mudou de Kentucky para o que é agora Spencer County, Indiana, no meu oitavo ano. Chegamos ao nosso novo lar na época em que o estado entrou na União. Era uma região selvagem, com muitos ursos e outros animais selvagens, ainda na floresta. Lá eu cresci. Havia algumas escolas, assim chamadas; mas nenhuma qualificação era exigida de um professor, além da "leitura, escrita e cifra" da Regra dos Três. Se um transeunte que entendesse latim aparecesse na vizinhança, ele era encarado como um mago. Não havia, absolutamente, nada para excitar a ambição pela educação. Claro que, quando cheguei à maioridade, não sabia muito. Ainda assim, de alguma maneira, eu conseguia ler, escrever e codificar a Regra dos Três; mas isso foi tudo. Eu não fui à escola desde então. O pouco avanço que tenho sobre esse acúmulo de educação, eu ganhei de tempos em tempos, sob a pressão da necessidade.

Fui criado para trabalhar na fazenda e continuei até os 22 anos. Aos 21 anos, vim para Illinois e passei o primeiro ano no município de Macon. Então, cheguei a New-Salem (na época em Sangamon, agora no município de Menard), onde permaneci um ano como uma espécie de atendente em uma loja. Então, veio a guerra do Black Hawk e fui eleito capitão de voluntários - um sucesso que me deu mais prazer do que qualquer outro que tive desde então. Fui à campanha, fiquei exaltado, concorri para o Legislativo no mesmo ano (1832) e fui derrotado - a única vez em que fui derrotado pelo povo. Na próxima, e nas três eleições bienais seguintes, fui eleito para o Legislativo. Não fui candidato depois. Durante esse período legislativo, estudei direito e fui para Springfield para praticá-lo. Em 1846, fui eleito para a Câmara do Congresso. Não fui candidato à reeleição. De 1849 a 1854, exerci a lei com mais assiduidade do que nunca. Sempre um 'whig' na política e, geralmente, votando para os 'whigs', sempre escrutinando - eu estava perdendo o interesse pela política quando a revogação do Compromisso de Missouri despertou-me novamente. O que fiz, desde então, é bem conhecido.

Se qualquer descrição pessoal for desejável, pode-se dizer que tenho quase 1,94 m; magro na pele, pesando, em média, 81 kg, aproximados; complexo escuro, com cabelos pretos grossos e olhos cinzentos - nenhuma outra mancha ou marca de que possa me lembrar.

DISCURSO NA UNIÃO COOPER

Nova York, NY, 27 de fevereiro de 1860

O esforço mais intenso de Lincoln em argumentos intelectuais, históricos, legais/constitucionais e políticos merece um estudo cuidadoso. Esse discurso definiu Lincoln como um candidato digno para a presidência aos olhos dos nortistas céticos. Lincoln confrontou a posição do chefe-juiz Roger B. Taney, para a Suprema Corte dos EUA, no notório caso de Dred Scott v. Sandford (1857). Taney defendia, entre outras coisas, que a escravidão era uma instituição nacional e não meramente local; que o direito de possuir escravos como propriedade era protegido pelos direitos de propriedade da Constituição dos EUA; que o governo dos EUA não poderia, constitucionalmente, conter a propagação da escravidão; e que os fundadores da nação não acreditavam que as pessoas de ascendência africana tivessem quaisquer direitos que os brancos fossem obrigados a respeitar. Lincoln desafiou cada um desses pontos em um discurso cuidadosamente pesquisado, formidavelmente expresso e de competência eloquente. Ele rejeitou as tentativas de seus oponentes de chamar a oposição à escravidão como uma ameaça para a União e a Constituição, reuniu aqueles que concordavam com ele em odiar a escravidão e que se opunham à sua expansão para se unir ao padrão que "o certo traz a força".

Sr. Presidente e concidadãos de Nova York:

Os fatos dos quais me dedicarei esta noite são, basicamente, antigos e familiares; nem farei, ao todo, uso novo deles. Se houver alguma novidade, será no modo de apresentar os fatos, as inferências e observações após a apresentação.

Em seu discurso, no outono passado, em Columbus, Ohio, conforme relatado no "The New-York Times", o senador Douglas disse:

"Nossos pais, quando criaram o governo sob o qual vivemos, compreendiam essa questão tão bem, se não melhor, do que fazemos agora."

Eu concordo plenamente com isso e o adoto como premissa para este discurso. Eu o adoto porque fornece um ponto de partida preciso e acordado para uma discussão entre republicanos e a ala da democracia liderada pelo senador Douglas. Simplesmente, faz-se a pergunta: "Qual foi a compreensão que esses pais tiveram da pergunta mencionada?"

Qual é a estrutura do governo em que vivemos?

A resposta é: "A Constituição dos Estados Unidos". Essa Constituição consiste na primeira emenda, concebida em 1787 (e sob a qual o governo atual entrou em operação pela primeira vez) e em doze emendas subsequentes, cujas dez primeiras foram criadas em 1789.

Quem foram nossos pais que conceberam a Constituição? Suponho que os "trinta e nove" que assinaram o documento original possam ser chamados, justamente, de nossos pais, os quais delimitaram essa parte do atual governo. É quase verdade absoluta dizer que eles a criaram e é completamente verdade dizer que eles representaram, de maneira justa, a opinião e o sentimento de toda a nação naquele momento. Seus nomes, que são familiares e aberto a todos, não precisam ser repetidos neste momento.

Considero esses "trinta e nove", no momento, como sendo "nossos pais que moldaram o governo sob o qual vivemos".

Qual é a questão que, de acordo com o texto, esses pais entendiam "tão bem, ou até melhor, do que nós neste momento?"

É a seguinte questão: a divisão apropriada entre autoridade local e autoridade federal ou qualquer outro conteúdo na Constituição, proíbe nosso governo federal de controlar a escravidão em nossos territórios federais?

União Cooper, Rua East 7th, Cidade de Nova York.

Sobre esse assunto, o senador Douglas é afirmativo e os republicanos são negativos. Essa afirmação e negação formam um problema; e este problema - esta questão – é, precisamente, o que o texto declara que nossos pais entendem "melhor do que nós".

Vamos, agora, questionar se os "trinta e nove", ou algum deles, alguma vez, procederam sobre esta questão; e se o fizeram, como foi que agiram - como expressaram esse melhor entendimento?

Em 1784, três anos antes da Constituição - os Estados Unidos possuíam o território do noroeste e nenhum outro, o Congresso da Confederação tinha diante deles a questão de proibir a escravidão naquele território; e quatro dos "trinta e nove" que, posteriormente, formularam a Constituição, estavam naquele Congresso e votaram sobre essa questão. Destes, Roger Sherman, Thomas Mifflin e Hugh

George Washington, retratado por James Fuller Queen.

Williamson votaram pela proibição, mostrando, assim, que em seu entendimento nenhum limite que divida a autoridade local da federal, nem qualquer outra razão, proibia, satisfatoriamente, o governo federal de controlar a escravidão no seu território. O outro dos quatro - James M'Henry - votou contra a proibição, mostrando que, por algum motivo, ele achava impróprio votar nela. Em 1787, antes da Constituição, mas durante a Convenção de sua formulação, enquanto o território do noroeste ainda era o único território dos Estados Unidos, a mesma questão de proibir a escravidão no território veio, novamente, ao Congresso da Confederação; mais dois dos "trinta e nove" que depois assinaram a Constituição estavam naquele Congresso e votaram na questão. Eles eram William Blount e William Few; ambos votaram a favor da proibição – mostrando que, em seu entendimento, nenhum limite que divida a autoridade local da federal, nem qualquer razão, proibia, satisfatoriamente, o governo federal de controlar a escravidão no território federal. Desta vez, a proibição se tornou uma lei, fazendo parte do que agora é conhecido como a Portaria de 87.

A questão do controle federal da escravidão nos territórios parece não ter ocorrido imediatamente antes da Convenção que enquadrou a Constituição original; e, portanto, não está registrado que os "trinta e nove", ou qualquer um deles, durante seu envolvimento, expressaram qualquer opinião sobre essa questão específica.

Em 1789, pelo primeiro Congresso reunido sob a Constituição, foi aprovada uma lei para fazer cumprir a Portaria de 87, incluindo a proibição da escravidão no território do noroeste. O projeto de lei para esse ato foi relatado por um dos "trinta e nove", Thomas Fitzsimmons, então membro da Câmara dos Deputados da Pensilvânia. Passou por todos os seus estágios sem uma palavra de oposição e, finalmente, passou pelo Congresso sem votos a favor ou contra, o que equivale a uma unanimidade. Neste Congresso, havia 16 dos 39 fundadores que formularam a Constituição original. Eles eram John Langdon, Nicholas Gilman, Wm. S. Johnson, Roger Sherman, Robert Morris, Thos. Fitzsimmons, William Few, Abraham Baldwin, Rufus King, William Paterson, George Clymer, Richard Bassett, George Read, Pierce Mordomo, Daniel Carroll e James Madison.

Isso mostra que, em seu entendimento, nenhuma divisão entre a autoridade local e a federal, nem qualquer item na Constituição proibiu o Congresso de impedir a entrada da escravidão no território federal; caso contrário, tanto sua fidelidade à causa quanto seu juramento de apoiar a Constituição os teriam obrigado a se opor à proibição.

Mais uma vez, George Washington, outro dos "trinta e nove", era, então, Presidente dos Estados Unidos e, como tal, aprovou e assinou a lei; confirmando sua validade como tal e mostrando que, em seu entendimento, nenhuma divisão entre a autoridade local e a federal, nem qualquer item na Constituição proibia o Governo Federal de impedir a entrada da escravidão no território federal.

Pouco tempo depois da adoção da Constituição original, a Carolina do Norte cedeu ao governo federal a região que agora constitui o estado do Tennessee; alguns anos depois, a Geórgia cedeu o que hoje constitui os estados do Mississippi e Alabama. Nos dois atos de cessão, os estados cedentes estabeleceram uma condição: o governo federal não deveria proibir a escravidão no território cedido. Além disso, a escravidão existia, naquele momento, nos estados cedidos. Nessas circunstâncias, o Congresso, ao se encarregar dessas regiões, não proibiu absolutamente a escravidão dentro deles. Mas, eles interferiram - assumiram o controle - até certo ponto. Em 1798, o Congresso estabeleceu o território do Mississippi. No ato da organização, eles proibiram a entrada de escravos no território de qualquer lugar fora dos Estados Unidos, através de multa, e dando liberdade aos escravos assim comprados. Este ato foi aprovado nos dois ramos do Congresso, sem votos. Nesse congresso, havia três dos "trinta e nove" que enquadraram a Constituição original. Eles eram John Langdon, George Read e Abraham Baldwin. Todos, provavelmente, votaram a favor. Certamente, eles teriam declarado sua oposição a ele, se, em seu entendimento, qualquer divisão entre a autoridade local e a federal, ou qualquer item na Constituição, proibisse o governo federal de controlar a situação da escravidão no território federal.

Em 1803, o governo federal comprou a região da Louisiana. Nossas antigas aquisições territoriais vieram de alguns de nossos próprios estados; mas, a Louisiana foi adquirida de uma nação estrangeira. Em 1804, o Congresso deu à uma organização territorial o que constitui o estado da Louisiana. Nova Orleans, situada nessa área, era uma cidade antiga e relativamente grande. Havia outras cidades e assentamentos notáveis e a escravidão era extensiva e completamente misturada com o povo. O Congresso não proibiu, na Lei Territorial, a escravidão; mas eles interferiram - assumiram o controle - de uma maneira mais acentuada e abrangente do que no caso do Mississippi. O fundamento da intenção ali aplicada, em relação aos escravos, foi:

Primeiro. Nenhum escravo poderia ser importado de regiões estrangeiras para dentro do território.

Segundo. Nenhum escravo deveria ser transportado para dentro do território, importado para os Estados Unidos desde o primeiro dia de maio de 1798.

Terceiro. Nenhum escravo deveria ser levado para dentro do território, exceto pelo proprietário e para seu próprio uso como colono; a penalidade em todos os casos é uma multa ao infrator da lei e liberdade ao escravo.

Este ato também foi aprovado com unanimidade. No Congresso no qual foi aprovado, havia dois dos "trinta e nove". Eles eram Abraham Baldwin e Jonathan Dayton. Como afirmado no caso do Mississippi, é provável que ambos tenham votado a favor. Eles não teriam permitido que fosse aprovado, sem registrar sua oposição a ele, e se, em sua interpretação, violasse a divisão entre a autoridade local e a autoridade federal, ou qualquer item da Constituição.

Entre 1819 e 1820, a questão do Missouri começou e terminou. Muitos votos foram tomados a favor ou contra, em ambos os ramos do Congresso, nas várias fases dessa questão. Dois dos "trinta e nove" - Rufus King e Charles Pinckney - eram membros nesse Congresso. King votou firmemente na proibição da escravidão e contra todos os acordos, enquanto Pinckney votou firmemente contra a proibição da escravidão e contra todos os acordos. Com isso, o Sr. King mostrou que, em seu entendimento, nenhuma divisão entre a autoridade local e a federal, nem na Constituição, foi violada pelo Congresso proibindo a escravidão em território federal; enquanto o Sr. Pinckney, por seus votos, mostrou que, em seu entendimento, havia razões suficientes para se opor a essa proibição, nesse caso.

Os casos que mencionei são os únicos atos envolvendo os "trinta e nove", ou parte deles, sobre a questão, que pude descobrir.

Enumerando todos que agiram desta maneira, foram quatro em 1784, dois em 1787, 17 em 1789, três em 1798, dois em 1804 e dois em 1819–20, totalizando 30 deles. Mas, isso contaria John Langdon, Roger Sherman, William Few, Rufus King e George Read, duas vezes, e Abraham Baldwin, três vezes. O número verdadeiro daqueles dos "trinta e nove" que eu demonstrei ter agido sobre a questão, que, segundo o texto, eles interpretaram melhor do que nós, é 23, deixando 16 que não demonstraram ter atuado sobre ele, em qualquer circunstância.

Aqui, então, temos 23 dos nossos "trinta e nove", "que estruturaram o governo sob o qual vivemos", que, sob sua responsabilidade oficial e juramentos, agiram de acordo com a própria questão levantada, afirmando que eles haviam "compreendido bem, e melhor do que agora;" e 21 deles - a clara maioria dos "trinta e nove" - agindo de maneira a torná-los culpados de impropriedade política grosseira e perjúrio voluntário, se, no entendimento deles, qualquer divisão entre a autoridade local e federal, ou qualquer item na Constituição que eles mesmos fizeram e juraram apoiar, proibia o Governo Federal de regular a escravidão nos territórios federais. Assim, os 21 agiram; e, como as ações falam mais alto que as palavras, sob essa responsabilidade, falam ainda mais alto.

Dois dos 23 votaram contra a proibição da escravidão pelo Congresso nos territórios federais, nas instâncias em que atuaram sobre a questão. Mas, por quais razões eles votaram contra não é conhecido. Eles podem ter feito isso porque achavam que uma divisão conveniente do poder local e da autoridade federal, ou alguma disposição ou princípio da Constituição estava no caminho; ou podem, sem dúvida nenhuma, ter votado contra a proibição pelo que lhes pareceu ser motivo suficiente de conveniência. Ninguém que jurou apoiar a Constituição pode votar conscientemente no que entende ser uma medida inconstitucional, por mais conveniente que possa achar; mas pode-se e deve-se votar contra uma medida que ele considere constitucional, se, ao mesmo tempo, ele a julgar inconveniente. Portanto, seria perigoso generalizar a razão pela qual os dois votaram contra a proibição, o fizeram porque, em seu entendimento, qualquer divisão adequada do poder local e da autoridade federal ou qualquer item da Constituição proibia o governo federal de regular a escravidão em território federal.

Os 16 restantes dos "trinta e nove", do quanto eu descobri, não deixaram registro de sua interpretação em relação à questão imediata do controle federal da escravidão nos territórios federais. Mas, há muitas razões para acreditar que o entendimento deles sobre essa questão não pareceria diferente do de seus 23 companheiros, se tivesse sido manifestado.

Com o objetivo de aderir rigidamente ao texto, omiti, propositalmente, qualquer entendimento que possa ter sido manifesto por qualquer pessoa, por mais distinta que seja, que não sejam os "trinta e nove" que formularam a Constituição original; e, pela mesma razão, também omiti qualquer entendimento que possa ter sido manifesto por qualquer um dos "trinta e nove", em qualquer outra fase da questão geral da escravidão. Se analisarmos seus atos e declarações nessas outras fases, como o comércio exterior de escravos, a moralidade e a política da escravidão em geral, parece-nos que, na questão direta do controle federal da escravidão nos territórios federais, os 16, se eles tivessem atuado, provavelmente, teriam agido como os "vinte e três". Entre os 16, havia vários dos mais notáveis homens contra a escravidão da época - como o dr. Franklin, Alexander Hamilton e Gouverneur Morris - embora não se soubesse de alguém do contrário, a menos que seja John Rutledge, da Carolina do Sul.

O resumo do todo é que, dos nossos "trinta e nove" que formularam a Constituição original, 21 - uma clara maioria do conjunto – certamente, entenderam que nenhuma divisão apropriada entre autoridade local e federal, nem qualquer parte da Constituição proibiu o governo federal de regular a escravidão nos territórios federais; enquanto o resto, provavelmente, teve a mesmo interpretação. Como tal, inquestionavelmente, é o entendimento de nossos fundadores que formularam a Constituição original; e o texto afirma que eles compreenderam a pergunta "melhor do que nós".

Mas, até agora, tenho considerado a compreensão da questão exposta pelos autores da Constituição original. No documento, foi fornecido um modo para alterá-lo; e, como já afirmei, o quadro atual do "governo sob o qual vivemos" consiste no original e em 12 emendas moldadas e adotadas desde então. Aqueles que agora insistem que a regulação federal da escravidão em territórios federais viola a Constituição, apontam-nos para as disposições que eles supõem que sejam violadas; e, pelo que entendi, que todos se apoiam nas garantias dessas emendas e não no documento original. A Suprema Corte, no caso Dred Scott, apoia-se na quinta emenda, que estabelece que nenhuma pessoa será privada de "vida, liberdade ou propriedade sem o devido processo legal"; enquanto o senador Douglas e seus adeptos peculiares se baseiam na décima emenda, desde que "os poderes não delegados aos Estados Unidos pela Constituição" "sejam reservados aos estados, respectivamente ou ao povo."

Agora, acontece que essas emendas foram enquadradas pelo primeiro Congresso que se assentou sob a Constituição - o mesmo Congresso que aprovou o ato já mencionado, impondo a proibição da escravidão no Território do Noroeste. Não era apenas o mesmo Congresso, mas, também, os mesmos indivíduos que, na mesma sessão e, ao mesmo tempo, dentro da sessão, levaram em consideração, com progresso rumo à plenitude, essas emendas constitucionais e esse ato proibindo a escravidão em todo o território da nação. As emendas constitucionais foram introduzidas antes e aprovadas após o ato de imposição da Portaria de 87; de modo que, durante toda a indecisão de se fazer cumprir a Portaria, as emendas constitucionais também estavam pendentes.

Os 76 membros daquele Congresso, incluindo 16 dos autores da Constituição original, como mencionado anteriormente, foram preeminentemente nossos fundadores que enquadraram a parte do "governo sob o qual vivemos", que agora é reivindicado como proibindo o governo federal de controlar a escravidão nos territórios federais.

Não é um pouco presunçoso, atualmente, afirmar que as duas coisas que o Congresso, deliberadamente e, ao mesmo tempo, enquadrou e levou à plenitude, são absolutamente inconsistentes entre si? E essa afirmação não se torna absolutamente absurda quando combinada com a outra afirmação da mesma fonte, que aqueles que fizeram as duas coisas, supostamente inconsistentes, compreendiam que eram inconsistentes melhor que nós?

Certamente, é seguro supor que os 39 autores da Constituição original e os 76 membros do Congresso que formularam as emendas, incluídos juntos, certamente, podem ser chamados de "nossos pais que formularam a Governo sob o qual vivemos. Por essa suposição, eu desafio qualquer homem a demonstrar que algum deles, em toda a sua vida, declarou que, em seu entendimento, qualquer divisão entre a autoridade local e a federal ou qualquer parte da Constituição proibia o Governo Federal de regular a escravidão nos territórios federais. Eu vou além. Desafio qualquer um a mostrar que qualquer homem vivo, no mundo inteiro, antes do início do século atual (e quase posso dizer que antes do início da última metade do século atual) declarou que, em seu entendimento, qualquer divisão apropriada de autoridade local da autoridade federal ou que qualquer parte da Constituição proíba o governo federal de regular a escravidão nos territórios federais. Para tal declaração e àqueles que a proclamam, eu apresento, não apenas "nossos fundadores que estruturaram o governo sob o qual vivemos", mas, também, junto destes, todos os outros homens presentes no século de sua estruturação; e mesmo feita a procura, não serão capazes de encontrar nenhuma evidência de um único homem concordando com eles.

Aqui e agora, permitam-me defender-me um pouco contra ser mal interpretado. Não quero dizer que somos obrigados a seguir implicitamente o que nossos fundadores fizeram. Fazer isso, seria rejeitar todas os aspectos da experiência atual - rejeitar todo progresso - toda melhoria. O que estou querendo dizer é que, se, durante um caso, sobrepusermos as opiniões e a política de nossos fundadores, devemos fazê-lo com evidências tão conclusivas e argumentos tão claros que até mesmo suas grandes autoridades, bastante consideradas e ponderadas, não se sustentariam e, certamente, não em um caso em que nós mesmos declaramos que eles interpretaram a questão melhor do que nós.

Se alguém, hoje, sinceramente, acredita que uma divisão adequada entre a autoridade local e a autoridade federal ou que qualquer item da Constituição proíba o governo federal de controlar a escravidão nos territórios federais, ele tem razão em dizer isso e impor essa posição através de evidência verdadeira e argumento justo, se possível. Mas, ele não tem o direito de enganar os outros, os que têm menos acesso à história e menos tempo para estudá-la na crença falsa de que "nossos fundadores que estruturaram o governo sob o qual vivemos" tinham a mesma opinião - substituindo falsidade e decepção por evidências verdadeiras e argumentos justos. Se alguém acreditar, sinceramente, que "nossos fundadores que estruturaram o governo sob o qual vivemos" usaram e aplicaram princípios utilizados em outros casos, que levaram-nos a entender que uma divisão adequada entre autoridade local e federal ou de alguma parte da Constituição proíba o governo federal de controlar a escravidão nos territórios federais, ele tem direito de dizê-lo. Mas, ele deveria, ao mesmo tempo, enfrentar a responsabilidade de declarar que, em sua opinião, ele entende aqueles princípios melhor do que os próprios fundadores; e, especialmente, ele não deve se esquivar dessa responsabilidade afirmando que eles "entenderam a questão tão bem e até melhor do que agora."

Mas chega! Todos os que acreditam que "nossos fundadores que estruturaram o governo sob o qual vivemos entenderam essa questão tão bem e até melhor do que nós, agora", falem como eles e ajam como eles. Isso é tudo o que os republicanos pedem - o que os republicanos desejam - em relação à escravidão. Assim como aqueles fundadores o assinalaram, que novamente o façam, não como um mal a ser prolongado, mas a ser tolerado e protegido. Que todas as garantias passadas por esses fundadores sejam mantidas sem má vontade, mas total e justamente. Por isso, os republicanos lutaram e, assim, até onde eu sei ou acredito, eles ficarão satisfeitos.

Agora, se eles pudessem escutar - como suponho que não o farão-, eu diria algumas palavras ao povo do sul.

Eu diria para eles: - Vocês se consideram um povo sensato e justo; e considero que nas qualidades gerais da razão e da justiça vocês não são inferiores a nenhuma outra pessoa. Ainda assim, quando vocês falam de nós republicanos, o fazem apenas para nos denunciar como répteis ou, na melhor das hipóteses, como nada melhor do que um fora da lei. Vocês concederiam uma audiência a piratas ou assassinos, mas nada para "republicanos negros". Em todas as suas disputas entre si, cada um de vocês considera uma condenação incondicional do "republicanismo negro" como o assunto primário a ser tratado. De fato, tal condenação parece ser um pré-requisito indispensável - uma licença, por assim dizer - entre vocês para serem admitidos ou autorizados a falar. Agora, vocês podem, ou não, fazer uma pausa e considerar se isso é justo para nós ou mesmo para vocês? Apresentem suas cobranças e especificações e, em seguida, sejam pacientes o tempo suficiente para nos ouvir negar ou justificar.

Vocês dizem que somos separatistas. Nós negamos. Isso cria um problema; e o ônus da prova está com vocês. Vocês apresentam sua prova; e o que é? Ora, que nosso partido não existe na sua região - não obtém votos na sua região. O fato é substancialmente verdadeiro; mas isso prova o problema? Se isso acontecer, então, sem nenhuma mudança de princípio, deveremos receber votos em sua região. Vocês não podem escapar dessa conclusão e, ainda assim, vocês estão dispostos a cumpri-lo? Se estiverem, provavelmente, descobrirão, em breve, que deixamos de ser separatistas, pois receberemos votos em sua região ainda neste ano. Vocês começarão a descobrir, como a verdade é clara, que sua prova não toca no problema. O fato de não recebermos votos em sua região é um ato de sua autoria, não nosso. E, se houver falha nesse fato, essa falha é principalmente sua e permanecerá até vocês mostrarem que nós o repelimos por algum princípio ou prática errada. Se nós o repelimos por qualquer princípio ou prática errada, a culpa é nossa; mas isso leva você ao começo: a uma discussão sobre o certo ou errado de nosso princípio. Se nosso princípio, posto em prática, prejudicaria sua região em benefício da nossa ou para outra finalidade, então, nosso princípio e nós com ele, somos separatistas, somos justamente antagônicos e denunciados como tal. Encontremnos, então, sobre a questão de saber se nosso princípio, posto em prática, prejudicaria sua região; e, portanto, como uma maneira de que algo pudesse ser dito do nosso lado.Vocês aceitam o desafio? Não! Então, vocês realmente acreditam que o princípio de que "nossos fundadores que moldaram o governo sob o qual vivemos" acharam tão claramente correto adotá-lo e endossaram-no, repetidamente, sob seus juramentos oficiais é tão errado que exige sua condenação sem um momento de consideração.

Alguns de vocês gostam de exibir para nós a advertência contra partidos separatistas dada por Washington, em seu Discurso de despedida. Menos de oito anos antes de Washington dar esse aviso, ele, como Presidente dos Estados Unidos, aprovou e assinou um ato do Congresso impondo a proibição da escravidão no Território do noroeste, que incorporava a política do governo sobre o assunto. Até o momento e durante o mesmo em que ele escreveu esse aviso; e cerca de um ano depois deste, escreveu a LaFayette que considerava a proibição uma medida sábia, expressando, na mesma mensagem, sua esperança de que em algum momento tivéssemos uma confederação de estados livres.

Tendo isso em mente e vendo que o separatismo surgiu, desde então, sobre esse mesmo assunto, esse alerta é uma arma em suas mãos contra nós ou em nossas mãos contra você? Se o próprio Washington pudesse se pronunciar ele jogaria a culpa desse separatismo sobre nós, que sustentamos sua política, ou sobre vocês, que a repudiam? Nós respeitamos esse aviso de Washington e o recomendamos juntamente com o exemplo dado por ele, apontando para a sua aplicação correta.

Mas, vocês dizem que são conservadores - eminentemente conservadores - enquanto somos revolucionários, destrutivos ou algo do tipo. O que é conservadorismo? Não é a adesão ao antigo e provado contra o novo e o não experimentado? Nós mantemos, defendemos, a antiga política semelhante ao ponto da controvérsia que foi adotada por "nossos fundadores que estruturaram o governo sob o qual vivemos"; enquanto vocês, em uma só voz, rejeitam, observam e cospem na antiga política e insistem em substituir por algo novo. É verdade que vocês discordam entre si sobre o que esse substituto deve ser. Vocês estão divididos em novas proposições e planos, mas são unânimes em rejeitar e denunciar a antiga política dos fundadores. Alguns de vocês são a favor de reviver o comércio de escravos estrangeiros; alguns para um Código Escravo do Congresso para os territórios; alguns para o Congresso proibindo os territórios de proibir a escravidão dentro de seus limites; alguns por manter a escravidão nos territórios através do judiciário; alguns pelo "grande princípio" de que "se um homem escravizar outro, nenhum terceiro deve objetar", fantasticamente chamado de "Soberania Popular"; mas, nenhum homem entre vocês é a favor da proibição federal da escravidão em territórios federais, de acordo com a prática de "nossos fundadores que estruturaram o governo sob o qual vivemos". Nenhum de seus projetos podem apresentar um precedente ou um defensor durante o século em que nosso governo se originou. Considerem, então, se a sua reivindicação de conservadorismo para si mesmos e se sua acusação ou destrutividade contra nós são baseadas em argumentos precisos e fortes.

Mais uma vez, vocês dizem que tornamos a questão da escravidão mais proeminente do que era antes. Nós negamos. Nós admitimos que é mais proeminente, mas negamos que fizemos isso. Não fomos nós, mas vocês, que descartaram a velha política dos fundadores. Resistimos e, ainda resistiremos à sua inovação e, daí vem o maior destaque da questão. Vocês reduziriam essa pergunta às dimensões anteriores? Voltem para a velha política. O que foi, será novamente, nas mesmas condições. Se vocês quiserem ter a mesma paz dos velhos tempos, adotem novamente os preceitos e a política desses tempos.

Vocês nos acusam de provocar insurreições entre seus escravos. Nós negamos; e qual é a sua prova? A cidade de Harper's Ferry! John Brown!! John Brown não era republicano; vocês não conseguiram implicar um único republicano no acontecimento da cidade de Harper's Ferry. Se algum membro de nossa parte for culpado nesse assunto, vocês o conhecem, ou não. Se vocês o conhecem, é indesculpável por não especificar o homem e provar o fato. Se vocês não o conhecem, é indesculpável por afirmá-lo e, principalmente, por persistir na afirmação depois de ter tentado e falhado em prová-lo.

Vocês precisam saber que persistir em uma acusação sem saber ser verdadeira é, simplesmente, uma calúnia maliciosa.

Alguns de vocês admitem que nenhum republicano ajudou ou encorajou o caso da cidade de Harper's Ferry, mas, ainda insistem que nossas doutrinas e declarações levaram a esses resultados. Nós não acreditamos nisso. Reconhecemos que não mantemos nenhuma doutrina e não fazemos nenhuma declaração que não tenha sido criada e mantida por "nossos fundadores que estruturaram o governo sob o qual vivemos". Vocês nunca nos trataram de maneira justa em relação a este caso. Quando ocorreu, algumas importantes eleições estaduais estavam próximas, e vocês ficaram, evidentemente, satisfeitos com a crença de que, ao culpar-nos, poderiam tirar vantagem de nós nessas eleições. As eleições chegaram e suas expectativas não foram totalmente cumpridas. Todo republicano sabia que, pelo menos para ele, sua acusação era uma calúnia e ele não estava muito disposto a votar em seu favor. Doutrinas e declarações republicanas são acompanhadas de um protesto contínuo contra qualquer interferência contra seus escravos ou de vocês sobre eles. Certamente, isso não os encoraja a se revoltar. É verdade que compartilhamos com "nossos fundadores que moldaram o governo sob o qual vivemos" a crença de que a escravidão é errada; mas, os escravos não nos ouvem declarar isso. Qualquer coisa que fosse dita ou feita por nós, os escravos não acreditariam na existência de um partido republicano. Acredito que, de fato, eles, normalmente, não nos conheceriam, exceto por suas deturpações sobre nós na presença deles. Em suas disputas políticas entre si, cada facção acusa a outra de simpatia pelo republicanismo negro e, então, para dar força à acusação, define o republicanismo negro como, simplesmente, insurreição, sangue e conflito entre os escravos.

Insurreições de escravos não são mais comuns agora do que eram antes da organização do Partido Republicano. O que induziu à insurreição de Southampton, 28 anos atrás, em que, pelo menos, três vezes mais vidas foram perdidas do que na cidade de Harper's Ferry? Vocês mal conseguem estender sua fantasia maleável para a conclusão de que Southampton foi "incentivado pelo republicanismo negro". No estado atual dos Estados Unidos, não creio que seja possível uma insurreição escrava geral ou mesmo até extensa. A união necessária para esse acontecimento não pode ser alcançada. Os escravos não têm meios de comunicação ágeis; nem homens livres instigantes, pretos ou brancos, para fornecê-lo. Os materiais explosivos estão por toda parte, em pacotes; mas não existem, nem podem ser fornecidos, os modos de conexão indispensáveis.

Muito se fala sobre o afeto dos escravos por seus senhores e senhoras do povo do sul; e uma parte disso, pelo menos, é verdadeira. Uma conspiração para um levante, mal podia ser planejada e comunicada a 20 indivíduos antes que algum deles, para salvar a vida de um senhor ou senhora favoritos, o divulgasse. Esta é a regra; e a revolução escrava no Haiti não foi uma exceção, mas um caso que ocorreu em circunstâncias peculiares. A trama da pólvora da história britânica, embora não estivesse relacionada à escravos, foi mais pertinente. Nesse caso, apenas 20 conheciam sua existência e, no entanto, um deles, na sua ansiedade de salvar um amigo, traiu e, por consequência, evitou a calamidade. Envenenamentos ocasionais na cozinha, assassinatos abertos ou furtivos no campo e revoltas locais que se estendem a 20, em média, continuarão a ocorrer como resultado natural da escravidão; mas nenhuma insurreição generalizada de escravos, eu imagino, ocorrerá neste país, durante um longo tempo. Quem quer que tenha muito medo ou muita esperança em um evento como esse, ficará desapontado.

De acordo com Sr. Jefferson, proferida há muitos anos, "ainda está em nosso poder dirigir o processo de emancipação e deportação pacificamente e em graus tão lentos que o mal se esgotará, sem notá-lo; e seus lugares, no mesmo ritmo, serão preenchidos por trabalhadores brancos livres. Se, pelo contrário, o mal for deixado sozinho, fortalecendo-se, a natureza humana tremerá diante dessa perspectiva."

Jefferson não quis dizer, e nem eu, que o poder da emancipação está no governo federal. Ele falou sobre a Virgínia; e, quanto ao poder da emancipação, falo apenas dos estados proprietários de escravos. O governo federal, no entanto, como insistimos, tem o poder de restringir a extensão da instituição - o poder de garantir que uma insurreição de escravos nunca ocorra em solo americano, agora livre da escravidão.

O esforço de John Brown foi peculiar. Não foi uma insurreição de escravos. Foi uma tentativa dos homens brancos de agitar uma revolta entre os escravos, na qual estes se recusaram a participar. De fato, era tão absurdo que os escravos, com toda a sua ignorância, viam com clareza suficiente que não poderiam ter sucesso. Esse caso, filosoficamente, corresponde às muitas tentativas, relatadas na história, de assassinar reis e imperadores. Um entusiasta medita sobre a opressão de um povo até que se imagina escolhido pelo Céu para libertá-lo. Ele arrisca-se na tentativa que termina em não menos que sua própria execução. A tentativa de Orsini contra Napoleão e a tentativa de John Brown na cidade de Harper's Ferry foram, filosoficamente, iguais. A ânsia de culpar a velha Inglaterra, por um lado, e a Nova Inglaterra, por outro, não desaprova a semelhança das duas coisas.

E, quanto isso valeria a pena se vocês pudessem, pelo uso de John Brown, Helper's Book, entre outros, destruir a organização republicana? A ação humana pode ser modificada até certo ponto, mas a natureza humana não pode ser alterada. Há uma opinião e um sentimento contra a escravidão nesta nação que dão, pelo menos, um milhão e meio de votos. Vocês não podem destruir essa opinião e sentimento - essa emoção - rompendo a organização política que se une a ela. Vocês mal podem espalhar e dispersar um exército que foi bem organizado diante do seu fogo mais pesado; mas se vocês pudessem, quanto ganhariam forçando o sentimento que o criou do meio pacífico das urnas para outro meio? Qual seria esse outro meio? O número de John Browns seria reduzido ou aumentado por essa ação?

Mas, vocês quebrariam a União em vez de se submeterem à negação dos seus direitos constitucionais.

Isso soa um tanto imprudente; mas seria paliativo, se não totalmente justificado, se propuséssemos, pela mera força dos números, privá-lo de algum direito claramente escrito na Constituição. Mas, não estamos propondo tal coisa.

Ao fazerem essas declarações, vocês têm uma alusão específica e bem compreendida a um direito constitucional que supõem ter, de levar escravos para os territórios federais e mantê-los lá como propriedade. Mas, esse direito não está especificamente escrito na Constituição. Este documento está literalmente silencioso quanto a esse direito. Nós, pelo contrário, negamos que esse direito exista na Constituição, mesmo que implicitamente.

Seu objetivo, então, claramente declarado, é que vocês destruirão o governo, a menos que vocês possam interpretar e fazer cumprir a Constituição como quiserem, em todos os pontos em disputa entre vocês e nós. Vocês governarão ou arruinarão todos os eventos.

Este, claramente, é o seu estilo. Talvez, vocês dirão que o Supremo Tribunal decidiu a questão constitucional, sendo disputada, a seu favor. Não é bem assim. Mas, renunciando à distinção do advogado entre sentença e decisão, o Tribunal decidiu a questão para vocês de uma forma peculiar. O Tribunal disse que é seu direito constitucional levar escravos para os territórios federais e mantê-los lá como propriedade. Quando digo que a decisão foi tomada de forma peculiar, quero dizer que foi tomada em um tribunal dividido, por uma maioria apertada dos juízes e eles discordaram entre si nas razões para a decisão tomada; de tal forma que seus apoiadores declarados discordaram, uns dos outros sobre seu significado, que se baseou, principalmente, em uma declaração de fato equivocada - a afirmação na opinião de que "o direito de propriedade de um escravo é distinta e expressamente afirmado na Constituição."

Uma inspeção da Constituição mostrará que o direito de propriedade de um escravo não é "distinto e expressamente confirmado" nela. Lembrem-se de que os juízes não juram que sua opinião judicial desse direito é implicitamente confirmado na Constituição; mas, eles juram que sua veracidade é "distinta e expressamente" confirmada ali - "distintamente", isto é, não se associa a mais nada - "expressamente", isto é, em palavras com significados únicos, sem a ajuda de qualquer inferência e não suscetíveis a outro significado.

Se eles tivessem prometido apenas sua opinião judicial de que tal direito é afirmado na Constituição por implicação, ficaria evidente mostrar aos outros que nem a palavra "escravo", nem "escravidão" podem ser encontradas nela e nem a palavra "propriedade", em qualquer conexão aludindo às coisas escravas ou escravidão; e que, em qualquer lugar da Constituição ao qual o escravo é aludido, ele é chamado de "pessoa" - e onde quer que seja aludido o direito legal de seu senhor em relação ao escravo, isso é mencionado como "serviço ou trabalho que pode ser remunerado" - como uma dívida a ser paga através de serviço ou mão-de-obra. Além disso, seria evidente mostrar, pela história contemporânea, que esse modo de aludir aos escravos e à escravidão, em vez de falar deles, foi empregado com o objetivo de excluir da Constituição a ideia de que o homem poderia ser considerado uma propriedade.

Mostrar tudo isso, é fácil e claro.

Quando esse erro óbvio dos juízes for notificado, não será razoável esperar que eles retirem a declaração errada e reconsiderem a conclusão com base nela?

Deve ser bem lembrado que "nossos pais, que estruturaram o governo sob o qual vivemos" - os homens que fizeram a Constituição - decidiram essa mesma questão constitucional a nosso favor, há muito tempo; decidiram, sem divisão entre eles; sobre o significado, sem divisão entre eles e de acordo com evidências, sem fundamentá-las em qualquer declaração equivocada de fatos.

Sob essas circunstâncias, vocês, realmente, se sentem justificados para romper este governo, a menos que, uma decisão judicial como a sua seja imediatamente submetida como ação política conclusiva e decisiva? Mas, vocês não aceitarão a eleição de um presidente republicano! Nesse suposto evento, vocês dizem que acabará com a União e, então, depois, o grande crime de destruí-la cairá sobre nós! Isso é frio. Um ladrão de estrada segura uma pistola no meu ouvido e murmura por entre os dentes: "Levante-se e entregue-se ou eu o matarei, então, você será um assassino!"

Certamente, o que o ladrão exigiu de mim - meu dinheiro - era meu; e eu tinha o direito de mantê-lo; mas, não era mais meu que meu voto; a ameaça de morte para extorquir meu dinheiro e a ameaça de destruição da União para extorquir meu voto, dificilmente podem ser distinguidas em princípio.

Agora, algumas palavras para os republicanos. É extremamente desejável que todas as partes desta grande confederação fiquem em paz e em harmonia umas com as outras. Nós, republicanos, fazemos a nossa parte para tê-la assim. Embora soframos muita provocação, não façamos nada por paixão e mau humor. Mesmo que o povo do sul não nos dê ouvidos, vamos considerar, calmamente, suas demandas e ceder a elas se, em nossa visão deliberada de nosso dever, pudermos. A julgar pelo que eles dizem e fazem, pelo tópico e natureza de sua controvérsia conosco, vamos determinar, se pudermos, o que os satisfará.

Será que ficarão satisfeitos se os territórios se renderem incondicionalmente a eles? Nós sabemos que não. Em todas as suas queixas contra nós, os territórios são pouco mencionados. Invasões e insurreições são a raiva, agora. Será que os satisfará se, no futuro, não tivermos nada a ver com invasões e insurreições? Nós sabemos que não. Porque reconhecemos que nunca tivemos nada a ver com invasões e insurreições e, no entanto, essa total abstenção não nos exime da acusação e da denúncia.

A questão é recorrente: o que irá satisfazê-los? Simplesmente isto: devemos não apenas deixá-los em paz, mas devemos, de alguma forma, convencê-los de que os deixamos em paz. Sabemos, por experiência, que isso não é tarefa fácil. Tentamos convencê-los desde o início da nossa formação, sem sucesso. Em todos os nossos palanques e discursos, repetimos, constantemente, nosso propósito de deixá-los em paz; mas isso não tem chance de convencê-los. Igualmente inútil é o fato de que eles nunca denunciaram um homem nosso em qualquer tentativa de perturbá-los.

Nossos modos sinceros e justos aparentemente fracassaram, então, o que os convencerá? Apenas isso: parar de chamar a escravidão de errada e unir-se a eles para chamar de certa. E isso deve ser feito minuciosamente - tanto em atos quanto em palavras. O silêncio não será tolerado - devemos nos colocar, declaradamente, com eles. A nova lei de sedição do senador Douglas deve ser promulgada e aplicada, suprimindo todas as declarações de que a escravidão é errada, seja na política, na imprensa, no púlpito ou no privado. Devemos prender e devolver seus escravos fugitivos com ávido prazer. Devemos derrubar nossas Constituições de Estado Livre. Todo o ambiente deve ser limpo de toda a oposição à escravidão antes deles pararem de acreditar que todos os seus problemas procedem de nós.

Estou perfeitamente ciente de que eles não declaram o que pensam dessa maneira. A maioria provavelmente nos diria: "Deixe-nos em paz, não faça nada conosco e diga o que quiser sobre a escravidão". Mas, nós os deixamos em paz - nunca os perturbamos - portanto, é o que dizemos que os aborrece. Eles continuarão nos acusando de fazê-lo até que deixemos de falar.

Também sei que eles ainda não exigiram a derrubada de nossas Constituições de Estado Livre. No entanto, essas Constituições declaram o erro da escravidão com mais ênfase do que todas as outras declarações contra ela; e quando todas essas outras declarações tiverem sido silenciadas, será exigida a derrubada dessas Constituições, nada restará para resistir à essa demanda. Não há nada apresentando o contrário, nada que eles não exijam agora. O que eles exigem e suas razões, eles não irão parar voluntariamente por nada, além de sua consumação. Para legitimar, como fazem, que a escravidão é moralmente correta e socialmente elevadora, eles não podem deixar de exigir um reconhecimento nacional completo dela, como um direito legal e uma bênção social.

Tampouco podemos, de forma justa, reter isso, em qualquer base, exceto nossa convicção de que a escravidão é errada. Se a escravidão estiver certa, todas as palavras, atos, leis e constituições contra ela estão errados, devem ser silenciados e removidos. Se estiver certa, não podemos objetar, justamente, a sua nacionalidade - sua universalidade; se estiver errada, eles não podem, justamente, insistir em sua extensão - em sua expansão. Tudo o que pedem, poderíamos facilmente conceder se considerássemos a escravidão certa; tudo o que pedimos, eles poderiam facilmente conceder se considerassem errada. O fato de pensarmos ser errada e eles pensarem ser certa é o fato preciso do qual depende toda a controvérsia. Considerando-a certa, eles não são culpados por desejar o pleno reconhecimento por estarem corretos; mas, considerando-a errada, como fazemos, podemos ceder-nos a eles? Podemos votar baseados na opinião deles e contra a nossa? Em vista de nossas responsabilidades morais, sociais e políticas somos capazes disso?

Por mais errado que pensemos da escravidão, podemos nos permitir deixá-la sozinha onde se encontra porque vem da necessidade crescente de sua presença na nação; mas podemos, enquanto nossos votos a impedirem, permitir que ela se espalhe pelos territórios nacionais e nos perpetuar aqui, nesses estados livres? Se o nosso senso de dever o proíbe, então, cumpramo-lo sem medo e com eficácia. Não nos deixemos desviar por nenhum desses artifícios sofísticos com os quais somos tão diligentemente assediados e ridicularizados - artifícios como procurar por um meio termo entre o certo e o errado, inútil como a busca de um homem que não poderia estar nem vivo, nem morto - como uma política de "não se importar" sobre uma questão da qual todos os homens genuínos se importam - como a União recorrer aos seus homens para se renderem aos anti-União, revertendo a regra divina e chamando, não os pecadores, mas os justos ao arrependimento - como invocações para Washington, implorando aos homens para desdizer o que Washington disse e desfazer o que Washington fez.

Não sejamos caluniados em nosso dever por falsas acusações contra nós, nem amedrontados por ameaças de destruição do governo, nem de masmorras para nós. TENHAMOS A FÉ QUE FAZER O CERTO NOS FORTALECE E, NESSA FÉ, ATÉ AO FIM, OUSEMOS FAZER O NOSSO DEVER COMO O CONCEBEMOS.

DISCURSO DE DESPEDIDA

11 de fevereiro de 1861

Neste breve e comovente discurso, o presidente eleito se despede de seus concidadãos de Springfield, Illinois, onde passou quase metade da vida. O discurso, também, atesta a fé religiosa de Lincoln - que, apesar de não estar associada a nenhuma igreja, denominação ou seita cristã em particular, foi emotiva e sincera.

Meus amigos, ninguém, fora da minha situação, pode apreciar meu sentimento de tristeza com essa separação. A este lugar e à bondade dessas pessoas, devo tudo. Aqui vivi um quarto de século e passei de um jovem para um homem velho. Aqui, meus filhos nasceram e um foi enterrado. Agora, saio sem saber quando ou se irei retornar, com uma tarefa diante de mim maior do que aquela que repousava sobre o presidente Washington. Sem a assistência do Ser Divino que o ajudou, não posso ter sucesso. Com Sua assistência, não posso falhar. Confiando Nele, que pode ir comigo, permanecer com vocês e estar em todo lugar para sempre, esperemos, com confiança, que tudo ficará bem. Entrego vocês aos cuidados Dele, assim como espero que, em suas orações, peçam o mesmo por mim, desejo-lhe um adeus caloroso.

Abraham Lincoln (na foto, com seus filhos Willie e Tad) se prepara para deixar Springfield, Illinois, em 12 de fevereiro de 1861. Uma nova casa o espera em Washington.

PRIMEIRO DISCURSO INAUGURAL

4 de março de 1861

Entre sua eleição, no final de 1860 e sua posse como presidente, Lincoln resistiu às tentativas de definir suas ideias e planos ao lidar com a grande crise da secessão. Em 4 de março de 1861, sete estados do sul haviam votado para se separar ou deixar a União, acreditando que a eleição de um presidente republicano representava uma ameaça mortal à escravidão e, portanto, aos seus interesses vitais. Nesse discurso, Lincoln contestou a competência constitucional de se separar, declarando a secessão da União uma nulidade constitucional. Ao mesmo tempo, ele tentou deixar bem claro sua intenção de não dar nenhum passo para perturbar a escravidão onde ela foi estabelecida por lei. Ele, também, prometeu não dar o primeiro passo na guerra civil - alertando os possíveis separatistas que essa escolha era deles. Se eles fizessem essa escolha, Lincoln, jurado como presidente para preservar, proteger e defender a Constituição dos Estados Unidos, seria obrigado, por esse juramento, a se opor aos seus esforços. Mais quatro estados do sul votaram para deixar a União após a posse de Lincoln e a guerra, realmente, começou em 12 de abril de 1861, quando a artilharia confederada abriu fogo contra Fort Sumter, um forte dos EUA, no porto da cidade.

De acordo com um costume tão antigo quanto o próprio governo, apresento-me diante de vocês para comunicá-los, brevemente, e fazer o juramento em sua presença, prescrito pela Constituição dos Estados Unidos, a ser prestado pelo presidente antes dele iniciar o dever de sua função.

Atualmente, não considero necessário discutir assuntos da administração sobre os quais não exista ansiedade ou excitação especial.

Parece haver apreensão entre o povo dos estados do Sul de que, com a chegada de uma administração republicana, suas propriedades, sua paz e segurança pessoal estariam ameaçadas. Não existe nenhuma causa razoável para tal apreensão. De fato, existe uma variedade de evidências ao contrário e acessíveis para observação. São encontradas em quase todos os discursos publicados daquele que agora se dirige a vocês. Apenas, cito um desses discursos quando declaro que:

Não tenho nenhum propósito, direta ou indiretamente, de interferir na instituição da escravidão nos estados onde ela existe. Acredito que não tenho o direito legal de fazê-lo e não tenho inclinação para fazê-lo.

Aqueles que me indicaram e me elegeram, o fizeram com pleno conhecimento de que eu havia feito essa e muitas declarações semelhantes e, nunca, as havia retratado; mais do que isso, colocaram na plataforma para a minha aceitação e, como uma lei para eles mesmos e para mim, a resolução clara e enfática que agora leio:

Delibero que a manutenção inviolável dos direitos dos estados e, especialmente, do direito de cada estado de ordenar e controlar suas próprias instituições domésticas, exclusivamente de acordo com seu próprio julgamento, é essencial para o equilíbrio de poder do qual depende a perfeição e resistência de nossa estrutura política; denunciamos a invasão, sem lei, pelas forças armadas do solo de qualquer estado ou território, não importa sob qual pretexto, como um dos mais graves crimes.

Repito, novamente, esses sentimentos e, ao fazê-lo, chamo a atenção do público para a evidência mais conclusiva da qual o caso é suscetível: de que a propriedade, a paz e a segurança de nenhuma seção devam ser ameaçadas pela administração que está entrando. Acrescento, também, que toda a proteção que, consistente com a Constituição e as leis, puder ser concedida, será concedida a todos os estados quando legalmente exigida, por qualquer que seja a causa - disponível tanto a uma seção quanto para a outra.

Há muita controvérsia sobre a entrega de fugitivos de serviços ou trabalhos. A cláusula que leio agora é tão distintamente escrita na Constituição, quanto qualquer outra de suas disposições:

Nenhuma pessoa mantida em serviço ou mão-de-obra em um estado, de acordo com suas leis, fugindo para outro, será desqualificada em consequência de qualquer lei ou regulamento, de tal serviço ou mão--de-obra, mas deverá ser entregue mediante reclamação da parte a quem esse serviço ou mão-de-obra é devida.

Dificilmente, pode-se questionar que essa disposição foi feita por aqueles que queiram recuperar o que chamamos de escravos fugitivos; e a intenção do legislador é a lei. Todos os membros do Congresso juraram seu apoio a toda a Constituição - tanto a esta provisão quanto a qualquer outra. Para a proposição, então, que os escravos cujos casos se enquadram nos termos desta cláusula "serão entregues de volta", seus juramentos são unânimes. Agora, se eles se esforçassem, não poderiam, com unanimidade de quase semelhante, aprovar uma lei por meio da qual manteriam esse juramento unânime?

Há alguma diferença de opinião sobre se essa cláusula deveria ser aplicada pelas autoridades nacionais ou estaduais, mas, certamente, essa diferença não é muito relevante. Se o escravo se render, tem pouca importância para ele ou para os outros, a autoridade responsável. E, alguém deveria, de qualquer modo, contentar-se com o fato de seu juramento não ser cumprido em uma controvérsia meramente insubstancial de como deverá ser mantido?

Novamente: em qualquer lei sobre esse assunto, não deveriam ser introduzidas todas as salvaguardas de liberdade conhecidas na jurisprudência civilizada e humana para que um homem livre não seja, de maneira alguma, rendido como escravo? Não seria bom, ao mesmo tempo, prever por lei a aplicação dessa cláusula na Constituição que garante que "os cidadãos de cada estado terão direito a todos os privilégios e imunidades de cidadãos nos vários estados"?

Hoje, presto juramento oficial sem restrições mentais e sem o propósito de interpretar a Constituição ou as leis, por quaisquer regras hipercríticas; embora eu não decida, agora, especificar determinados atos do Congresso como apropriados para seu cumprimento, sugiro que será muito mais seguro para todos, tanto em postos oficiais quanto privados, conformarem-se e respeitarem todos os atos que não foram revistos ao invés de violar qualquer um deles, acreditando encontrar impunidade ao considerá-lo inconstitucional.

Faz 72 anos desde a primeira posse de um presidente sob nossa Constituição Nacional. Durante esse período, 15 cidadãos altamente distintos administraram, sucessivamente, o ramo executivo do governo. Eles o conduziram por muitos perigos e, geralmente, com grande sucesso. No entanto, com todo esse escopo de precedentes, inicio, agora, a mesma tarefa pelo breve mandato constitucional de quatro anos sob grande e peculiar dificuldade. Uma perturbação da União Federal, até agora apenas ameaçada, é agora, formidavelmente, atentada.

Afirmo que, na contemplação do direito universal e da Constituição, a União desses estados é perpétua. A perpetuidade está implícita, senão expressa, na lei fundamental de todos os governos nacionais. É seguro afirmar que nenhum governo propriamente dito jamais teve uma provisão em sua lei orgânica para seu próprio término. Continue a utilizar todas as disposições expressas na nossa Constituição Nacional e a União durará para sempre, sendo impossível destruí-la, exceto por alguma ação não prevista no próprio documento.

Novamente: se os Estados Unidos não são, propriamente dito, um governo, mas apenas uma associação de estados, de acordo com o contrato; pode-se, por ser um contrato, ser, pacificamente, desfeita por menos do que todas as partes envolvidas? Uma facção envolvida em um contrato poderá violá-lo - quebrá-lo, por assim dizer- mas, não é exigido que todos os envolvidos o rescindam legalmente?

Descendendo desses princípios gerais, encontramos a proposição de que, na sua contemplação legal, a União é perpetuamente confirmada pela história da própria União. A União é muito mais antiga que a Constituição. Foi formada, de fato, pelos Estatutos da Associação Continental, em 1774. Foi amadurecida e continuada pela Declaração de Independência, em 1776. Foi amadurecida ainda mais e a vontade de todos os então 13 estados, expressamente, comprometeu-se em torná-

-la perpétua, pelos Artigos da Confederação de 1778. E, finalmente, em 1787, um dos objetivos declarados para organizar e estabelecer a Constituição era "formar uma União mais perfeita."

Mas, se a destruição da União, por um ou por parte de alguns dos estados for legalmente possível, a União é menos perfeita do que antes da Constituição, tendo perdido o elemento vital da perpetuidade.

O que resulta dessas concepções é que nenhum estado, por mera moção, pode sair legalmente da União; que as resoluções e portarias, nesse sentido, são legalmente nulas e que os atos de violência em qualquer Estado, ou Estados, contra a autoridade dos Estados Unidos sejam insurrecionais ou revolucionários, de acordo com as circunstâncias.

Considero, portanto, que tendo em vista a Constituição e as leis, a União é ininterrupta e na medida de minha capacidade, cuidarei, como a própria Constituição me impõe expressamente, que as leis da União sejam fielmente executadas em todos os estados. Eu considero essa função como apenas um simples dever de minha parte e devo cumpri-la na medida do possível, a menos que meus senhores legítimos, o povo americano, retenha os meios necessários ou, de alguma maneira autoritária, decida o contrário. Acredito que isso não será considerado uma ameaça, mas, apenas, como o propósito declarado da União de que ela se defenderá e se manterá constitucionalmente.

Ao fazer isso, não haverá necessidade de derramamento de sangue ou violência, a menos que seja imposto à autoridade nacional. O poder que me foi confiado será usado para manter, ocupar e possuir as propriedades e os locais pertencentes ao governo e cobrar os tributos e impostos; mas, fora do que for necessário para obter esses objetivos, não haverá invasão, nem uso da força contra ou entre as pessoas, em qualquer lugar. Onde a hostilidade aos Estados Unidos, em qualquer localidade do interior, for tão grande e universal que impeça os cidadãos residentes competentes de ocupar os postos federais, não haverá a tentativa de forçar estranhos desagradáveis para esse objetivo. Embora, possa existir no governo o direito legal, estrito de estabelecer o exercício desses cargos, a tentativa de fazê-lo seria tão irritante e tão impraticável, que considero melhor renunciar, por enquanto, que esses cargos sejam criados.

Os correios, a menos que sejam rejeitados, continuarão funcionando em todas as partes da União. Na medida do possível, as pessoas em todas as regiões terão uma perfeita sensação de segurança, que é mais favorável para a paz do pensamento e da reflexão. O caminho recomendado será seguido, a menos que os eventos e experiências atuais mostrem que uma modificação ou alteração seja apropriada e, em todos os casos e exigências, minha melhor discrição será exercida, de acordo com as circunstâncias existentes, baseada em uma visão e na esperança da solução dos problemas nacionais, pacificamente e na restauração da compaixão e afeto fraternos.

Que há pessoas em uma região ou outra que procuram destruir a União a todo momento e estão contentes com qualquer pretexto para fazê-lo, não vou confirmar, nem negar; mas, se houver, não preciso falar com eles. Para aqueles que amam, realmente, a União, posso falar?

Antes de entrar em um assunto tão grave como a destruição da nossa estrutura nacional, com todos os seus benefícios, suas memórias e suas esperanças, não seria sensato averiguar, com precisão, por que o fazem? Vocês arriscariam um passo tão desesperado enquanto houvesse a possibilidade de que alguma parte dos males dos quais vocês estão escapando não seja real? Vocês se arriscariam cometer um erro tão terrível, se neste caso, os males dos quais vocês estejam escapando são menores do que os males reais aos quais estão se dirigindo?

Todos confessam estar contentes na União se todos os direitos constitucionais puderem ser mantidos. É verdade, então, que algum direito claramente escrito na Constituição foi negado? Eu acho que não. Felizmente, a mente humana é tão determinada que nenhum grupo terá a audácia de fazer isso. Pense, se você puder, em um único caso em que uma provisão claramente escrita na Constituição já foi negada. Se pela mera força dos números, a maioria privasse uma minoria de qualquer direito constitucional claramente escrito, isso poderia, em um ponto de vista moral, justificar a revolução; certamente a faria se esse direito fosse vital. Mas, esse não é o nosso caso. Todos os direitos vitais das minorias e dos indivíduos são tão claramente garantidos a eles por afirmações e negações, garantias e proibições na Constituição que nunca surgem controvérsias sobre eles. Mas, nenhuma lei orgânica pode ser enquadrada com uma provisão especificamente aplicável a todas as questões que possam ocorrer na administração prática. Nenhuma previsão pode antecipar e nem qualquer documento de dimensões moderadas contém disposições expressas para todas as questões possíveis. Os fugitivos do trabalho devem se render à autoridade nacional ou ao Estado? A Constituição não diz claramente. O Congresso pode proibir a escravidão nos territórios? A Constituição não diz claramente. O Congresso deve proteger a escravidão nos territórios? A Constituição não diz claramente.

Desses tipos de questões, surgem todas as nossas controvérsias constitucionais e as dividimos em maiorias e minorias. Se a minoria não concordar, a maioria ou o governo deve cessar. Não há outra alternativa, pois continuar o governo é concordar com um lado ou com o outro. Se uma minoria, nesse caso, separar-se em vez de concordar, eles criarão um precedente que, por sua vez, os dividirá e os arruinará, pois uma minoria própria se separará deles sempre que a maioria se recusar a ser controlada por essa minoria. Por exemplo, por que uma parte de uma nova confederação, um ou dois anos depois, não poderia, arbitrariamente, separar-se novamente, precisamente quando partes da atual União, agora, reivindicam se separar dela? Todos os que nutrem sentimentos de desunião estão, agora, sendo educados com a índole exata dela.

Será que existe uma identidade perfeita dos interesses entre os estados para compor uma nova união que produza apenas harmonia e impeça uma nova secessão?

Claramente, a ideia central de uma secessão é a essência da anarquia. Uma maioria impedida por fiscalizações e restrições constitucionais e sempre mudando, facilmente, com mudanças deliberadas a partir de opiniões e sentimentos populares é o único verdadeiro soberano de um povo livre. Quem o rejeita, necessariamente, encaminha-se para a anarquia ou para o despotismo. A unanimidade é impossível. O governo de uma minoria, como um acordo permanente, é totalmente inadmissível; de modo que, rejeitando o princípio da maioria, anarquia ou despotismo, de alguma forma, é tudo o que resta.

Não me esqueço da posição assumida por alguns de que as questões constitucionais devam ser decididas pelo Supremo Tribunal, nem nego que tais decisões devam, em qualquer caso, ser vinculativas para as partes em um processo quanto ao objeto do mesmo, enquanto também têm direito a muito respeito e consideração em todos os casos paralelos, por todos os outros departamentos do governo. E, embora seja obviamente possível que tal decisão seja errônea em qualquer caso, ainda assim, o efeito maligno que a segue, sendo limitado a esse caso em particular, com a chance de ser anulado e nunca se tornar um precedente para outros casos, pode melhor lidar com os males de um outro processo. Ao mesmo tempo, o cidadão ingênuo deve confessar que se a política do governo sobre questões vitais que afetem todo o povo deve ser irrevogavelmente tomada por decisões do Supremo Tribunal, no instante em que são feitas em litígios comuns entre as partes em ações pessoais, as pessoas terão deixado de ser seus próprios governantes, tendo, praticamente, renunciado seu governo às mãos desse eminente tribunal. Nesta perspectiva, também não há qualquer agressão à corte ou aos juízes. É um dever do qual eles não podem recuar: decidir os casos propriamente apresentados diante deles e não é culpa deles se outros tentarem transformar suas decisões em propósitos políticos.

Uma parte do nosso país acredita que a escravidão é correta e deve ser ampliada, enquanto, a outra acredita que é errada e não deve ser ampliada. Esta é a única disputa importante. A cláusula da fuga de escravos na Constituição e a lei para a supressão do tráfico de escravos estrangeiros são, igualmente, bem aplicadas como qualquer lei pode ser em uma comunidade onde o senso moral do povo apoia, imperfeitamente, a própria lei. A maioria do povo cumpre a obrigação legal em ambos os casos e alguns vão além. Acho que isso não pode ser perfeitamente remediado e seria pior do que antes nos dois casos, após a separação das regiões. O comércio externo de escravos, agora reprimido imperfeitamente, seria revivido sem restrições em uma região, enquanto os escravos fugitivos, agora apenas parcialmente rendidos, não seriam rendidos pelo outra.

Fisicamente falando, não podemos nos separar. Não podemos remover nossas respectivas regiões, nem construir uma parede intransitável entre elas. Um marido e uma esposa podem se divorciar e sair da presença e do alcance um do outro, mas as diferentes partes do nosso país não podem fazer isso. Eles não podem deixar de ficar cara a cara, de forma amigável ou hostil, a relação deve continuar entre elas. É possível, então, tornar essa relação mais vantajosa ou mais satisfatória do que antes, após a separação? Os estrangeiros podem elaborar tratados mais facilmente do que amigos podem fazer leis? Os tratados podem ser aplicados com mais fidelidade entre estrangeiros do que as leis entre amigos? Se imaginarmos que você vai para uma guerra, você não pode lutar para sempre; e, depois de muita perda de ambos os lados e nenhum ganho, você cessar de brigar, as mesmas velhas perguntas quanto aos termos da relação estarão, novamente, sobre você.

Este país, com suas instituições, pertence às pessoas que o habitam. Sempre que se cansarem do governo existente, poderão exercer seu direito constitucional de alterá-lo, de seu direito revolucionário de desmembrá-lo ou derrubá-lo. Não posso ignorar o fato de que muitos cidadãos dignos e patrióticos desejam ter a Constituição Nacional alterada.

"Uma briga de família." Um desenho político mostrando o tio Sam discutindo com uma mulher enquanto um escravo passa, sorrateiramente, pelo_casal. Tio Sam segura um jornal marcado com "unido", enquanto a mulher tem um jornal nas costas marcado com "estados". A piada refere-se à secessão da Carolina do Sul da União em 20 de dezembro de 1860.

Embora não faça recomendações de emendas, reconheço, plenamente, a autoridade legítima do povo sobre todo o assunto, em qualquer um dos métodos prescritos no próprio instrumento; e, nas circunstâncias existentes, eu deveria apoiar, em vez de me opor, a uma oportunidade justa, oferecida ao povo para agir de acordo com ela. Atrevo-me a acrescentar que, para mim, esse modo de convenção parece preferível, pois permite que as emendas sejam originadas pelas próprias pessoas, em vez de permitir que elas aceitem ou rejeitem proposições originadas por outras pessoas, não necessariamente escolhidas para esse fim, e que não sejam exatamente o que elas gostariam de aceitar ou recusar. Reconheço que a proposta de uma emenda à Constituição - que, no entanto, eu não vi - tenha sido aprovada no Congresso, no sentido de que o governo federal nunca deva interferir nas instituições domésticas dos estados, incluindo nas pessoas detidas a servir. Para evitar uma má interpretação do que eu disse, afasto-me do meu objetivo de não falar de emendas específicas a ponto de dizer que, mantendo uma disposição que agora está implícita no direito constitucional, não tenho objeções a que ela seja expressa e irrevogável.

O magistrado-chefe deriva toda a sua autoridade do povo e eles não se refeririam a ele para fixar termos para a separação dos estados. As próprias pessoas podem fazer isso se também quiserem, mas o executivo, como tal, não tem nada a ver com isso. Seu dever é administrar o atual governo como chegou a suas mãos e transmiti-lo, sem danos, a ao seu sucessor.

Por que não deveria haver uma confiança perseverante na justiça suprema do povo? Existe alguma esperança melhor ou igual no mundo? Em nossas diferenças atuais, as fés de ambos os grupos não poderiam estar certas? Se o Todo-Poderoso Governante das Nações, com Sua eterna verdade e justiça, estiver do seu lado, no Norte ou no Sul, essa verdade e essa justiça, certamente, prevalecerão pelo julgamento desse grande tribunal do povo americano.

Pela estrutura do governo sob o qual vivemos, esse mesmo povo concedeu, sabiamente, a seus funcionários públicos pouco poder para a malícia e, com a mesma sabedoria, providenciou o retorno de um pouco desse poder para suas próprias mãos, em intervalos muito curtos.

Enquanto o povo mantiver sua virtude e vigilância, nenhum governo, por qualquer extremo de maldade ou loucura, pode prejudicar seriamente o governo no curto espaço de quatro anos.

Meus compatriotas, um e todos, pensem com calma sobre todo esse assunto. Nada de valioso será perdido se tivermos paciência. Se houver um motivo que apresse qualquer um de vocês a um passo que nunca dariam deliberadamente, esse motivo será frustrado com o tempo; mas, nenhum bom motivo será frustrado por ele. Os que agora estão insatisfeitos, ainda têm a antiga Constituição intacta e, o mais importante, as leis de sua própria autoria sob ela; enquanto a nova administração não terá poder imediato, se quiser, para mudá-la também. Se for admitido que aqueles que estão insatisfeitos estão do lado certo na disputa, ainda não há uma boa razão para uma ação precipitada. A inteligência, o patriotismo, o cristianismo e uma firme confiança Naquele que nunca abandonou esta terra favorecida, ainda são qualificações para ajustar, da melhor maneira, todas as nossas dificuldades atuais.

Em suas mãos, meus compatriotas insatisfeitos, e não nas minhas, está a importante questão da guerra civil. O governo não o criticará. Você não pode estar em conflito sem ser o agressor. Você não tem nenhum juramento registrado no céu para destruir o governo, enquanto eu terei o mais solene para "preservá-lo, protegê-lo e defendê-lo".

Eu estou relutante em terminar. Nós não somos inimigos, mas sim, amigos. Nós não devemos ser inimigos. Embora, a compaixão possa ter se desgastado, ela não deve romper nossos laços de afeto. As cordas místicas da memória que se estendem de todos os campos de batalha e sepulturas patrióticas, a todos os corações e lares de toda essa terra extensa, intensificarão o coro da União quando novamente tocadas, como certamente serão, pelas nossas naturezas mais prezadas.

CARTA PARA HORACE GREELEY

Washington, DC, 22 de agosto de 1862

Em um editorial de jornal, Horace Greeley, editor do New York Tribune, irritado e eloquente, desafiou Lincoln a explicar por que ele não havia agido contra a escravidão. Nesta carta meticulosa e serena, mostrando um domínio da retórica lógica, Lincoln explicou que seu objetivo na guerra era preservar a União e que, o que quer que ele pudesse fazer sobre a escravidão, faria por causa de sua firme convicção de que tais medidas ajudariam a avançar a causa da preservação da União. Lincoln estava começando a acreditar que a única maneira de preservar a União era agir contra a causa da secessão, desunião e guerra civil: a escravidão, mas ele ainda não estava pronto para declarar essa posição.

Hon. Horace Greeley:

Prezado Senhor: Acabei de ler a sua publicação do dia 19, endereçada a mim, através do *New York Tribune*. Se houver nela declarações ou suposições de fatos que eu saiba que são errôneas, não as contestarei aqui e agora. Se houver nela inferências que eu possa acreditar serem falsamente traçadas, não discuto aqui e agora contra elas. Se nela há um tom impaciente e ditatorial, eu o respeito em deferência a um velho amigo, cujo coração sempre assumi estar correto.

Quanto à política que "pareço seguir", como você diz, não pretendi deixar ninguém em dúvida.

Impressão de Horace Greeley quando ele era candidato à presidência do Partido Liberal, em 1872.

Eu salvaria a União. Eu a salvaria da maneira mais rápida possível sob a Constituição. Quanto mais cedo a autoridade nacional puder ser restaurada, mais próximo a União será "a União como era". Se existem aqueles que não salvariam a União, a menos que pudessem, ao mesmo tempo, salvar a escravidão, não concordo com eles. Se existem aqueles que não salvariam a União, a menos que pudessem, ao mesmo tempo, destruir a escravidão, não concordo com eles. Meu objetivo primordial nessa luta é salvar a União e não salvar ou destruir a escravidão. Se eu pudesse salvar a União sem libertar nenhum escravo, eu o faria, se eu pudesse salvá-la libertando todos os escravos, eu o faria, se eu pudesse salvá-la libertando alguns e deixando outros em paz, eu também o faria. O que faço sobre a escravidão e a raça de cor, faço porque acredito que ajudará a salvar esta União, o que eu renuncio, faço-o porque não acredito que ajudaria a salvar a União. Farei menos sempre que acreditar que o que estou fazendo prejudica a causa, farei mais sempre que acreditar que ajudará à causa. Tentarei corrigir erros quando forem demonstrados como tais; adotarei novas visões tão firmemente enquanto forem verdadeiras visões. Afirmei, aqui, meu propósito de acordo com minha visão do dever oficial e não pretendo modificar meu desejo pessoal, muitas vezes expresso, de que todos os homens, em todos os lugares, possam ser livres.

Seu
Lincoln.

A MEDITAÇÃO SOBRE A VONTADE DIVINA

2 de setembro de 1862

Este é outro exemplo dos esboços que Lincoln, às vezes, escrevia para organizar uma linha de pensamento sobre uma questão que estava incomodando-o. Aqui, ele estava ponderando sobre o que Deus queria em relação à Guerra Civil e seu provável fim, em contraste com o que os lados contendores atribuíam a Ele e esperavam que Ele endossasse. Esse esboço encontrou expressão plena e eloquente em seu Segundo Discurso Inaugural, em 1865.

Washington, D.C.

A vontade de Deus prevalece. Em grandes competições, cada grupo afirma agir de acordo com a vontade de Deus. Ambos podem estar errados, mas, com certeza, um deles estará. Deus não pode ser a favor e contra a mesma coisa, ao mesmo tempo. Na atual guerra civil, é bem possível que o propósito de Deus seja algo diferente do objetivo de qualquer dos grupos - e, no entanto, as intervenções humanas, funcionando como o esperado, são a melhor adaptação para a realização de Seu propósito. Estou quase pronto para dizer que isso, provavelmente, é verdade - que Deus deseja esta disputa e deseja que não termine já. Por seu mero grande poder, nas mentes dos competidores, Ele poderia ter salvado ou destruído a União sem uma competição humana. No entanto, ela começou. E, tendo começado, Ele poderia dar a vitória final a qualquer um dos lados, qualquer dia. No entanto, a disputa prossegue.

Lincoln com Allan Pinkerton (à esquerda), que criou a Agência Nacional de Detetives de Pinkerton, e o major-general John Alexander McClernand em uma visita ao campo de batalha de Antietam, em 1862. Fotografia de Alexander Gardner.

PROCLAMAÇÃO PRELIMINAR DE EMANCIPAÇÃO

22 de setembro de 1862

A abordagem de Lincoln à emancipação foi como a de um negociador de reféns. Ele postulou a emancipação como um resultado possível, oferecendo aos estados do sul a chance de evitá-la se abandonassem a secessão e aceitassem um processo de emancipação gradual compensada, que pagaria a todos os proprietários de escravos o valor total de seus escravos se os libertassem e abandonassem a escravidão. Ele lhes deu três meses para decidir, mas, se eles rejeitassem ou desprezassem seu plano até o final desses três meses, ele emitiria uma proclamação final de emancipação libertando aqueles escravos nos estados em guerra com a União.

Pelo Presidente dos Estados Unidos da América
Uma Proclamação.

Eu, Abraham Lincoln, Presidente dos Estados Unidos da América e Comandante em Chefe do Exército e da Marinha, proclamo e declaro que, daqui em diante, assim como até agora, a guerra terá prosseguimento com o objetivo de restaurar a relação constitucional entre os Estados Unidos e cada um dos estados e das pessoas relacionadas a estes, ou poderá ser suspensa ou alterada.

Que é meu objetivo, na próxima reunião do Congresso, recomendar, novamente, a adoção de uma medida prática que ofereça auxílio pecuniário à livre aceitação ou rejeição de todos os estados escravistas, assim chamados, das pessoas as quais, talvez, não se rebelem contra os Estados Unidos e cujos estados possam ter adotado, voluntariamente ou à posteriori, a abolição imediata ou gradual da escravidão dentro de seus respectivos limites; e que o esforço em permitir a colonização por pessoas de ascendência africana, com seu consentimento, neste continente ou em qualquer outro lugar, com o consentimento obtido anteriormente pelos governos existentes lá, continuará.

Que, no primeiro dia de janeiro do ano de nosso Senhor, 1863, todas as pessoas mantidas como escravas, em qualquer estado ou parte designada de um estado, onde o povo estará, então, em rebelião contra os Estados Unidos, serão, a partir de então, livres para sempre; e o governo executivo dos Estados Unidos, incluindo a autoridade militar e naval, reconhecerá e manterá a liberdade de tais pessoas e não fará nenhum ato ou atos para reprimir essas pessoas contra os esforços que possam fazer pela sua liberdade.

Que o executivo, no primeiro dia de janeiro acima mencionado, por proclamação, designará os Estados e partes de estados, se houver, nos quais as pessoas, respectivamente, estejam em rebelião contra os Estados Unidos; e o fato de que qualquer estado, ou seu povo, nesse dia, esteja de boa-fé representado no Congresso dos Estados Unidos, pelos membros escolhidos, nas eleições em que a maioria dos eleitores qualificados desse estado tenha participado, na ausência de fortes testemunhos desfavoráveis, serão consideradas evidências conclusivas de que esse estado e seu povo não estão em rebelião contra os Estados Unidos.

Essa ponderação é, aqui apresentada, em um ato do Congresso intitulado "Um ato para criar um artigo adicional de guerra", aprovado em 13 de março de 1862, cujo ato está nas palavras e é transcrito a seguir: "Seja promulgada pelo Senado e pela Câmara dos Deputados dos Estados Unidos da América, reunidos no Congresso" que, daqui em diante, será promulgado como um artigo adicional de guerra para o comando do exército dos Estados Unidos e será obedecido e observado como tais:

Artigo - Todos os oficiais ou pessoas no serviço militar ou naval dos Estados Unidos estão proibidos de empregar qualquer uma das forças sob seus respectivos comandos com o objetivo de devolver fugitivos de qualquer serviço ou trabalho que possam ter escapado de qualquer pessoa a quem esse serviço ou trabalho seja devido e, qualquer oficial que for considerado culpado por uma corte marcial por violar este artigo, será dispensado do serviço.

SEC. 2. E seja ainda promulgado que este ato entrará em vigor a partir de e após sua aprovação.

Também, na nona e décima seções de um ato com o título "Uma lei para reprimir a insurreição, punir traição e rebelião, apreender e confiscar propriedades de rebeldes e para outros fins", aprovado em 17 de julho de 1862, cujas seções estão nas palavras figuradas a seguir:

SEC. 9. E seja, ainda, promulgado que todos os escravos de pessoas que se envolveram em rebelião contra o governo dos Estados Unidos ou que, de alguma forma, os ajudaram ou confortaram, escapando dessas pessoas e refugiando-se dentro das linhas do exército; e todos os escravos capturados dessas pessoas ou abandonados por elas e sob o controle do governo dos Estados Unidos; e todos os escravos de tais pessoas encontradas em (ou) que estejam em qualquer lugar ocupado por forças rebeldes e, depois, ocupado pelas forças dos Estados Unidos, serão considerados cativos de guerra e estarão para sempre livres de sua servidão e não serão novamente mantidos como escravos.

SEC. 10. E seja ainda promulgado que nenhum escravo que escape para qualquer estado, território ou distrito de Columbia, oriundo de outro Estado, será entregue ou de alguma forma impedido ou impossibilitado de sua liberdade, exceto por crime ou alguma ofensa contra as leis, a menos que a pessoa que reivindique o referido fugitivo, primeiro, faça um juramento de que o fugitivo tem dívidas de trabalho ou serviço ao seu legítimo proprietário e não tem nada contra os Estados Unidos na presente rebelião, de forma alguma, tenha recebido auxílio e proteção desta; e que nenhuma pessoa envolvida no serviço militar ou naval dos Estados Unidos, sob qualquer pretexto, possa decidir sobre a validade da reivindicação feita por um indivíduo sobre a dívida de um serviço ou trabalho de qualquer outra pessoa ou que renuncia essa pessoa ao solicitante, sob pena de ser dispensado do serviço.

Por este meio, imponho e ordeno que todas as pessoas envolvidas no serviço militar e naval dos Estados Unidos observem, obedeçam e reforcem, dentro de suas respectivas esferas de serviço, o ato e as seções acima mencionados.

O executivo recomendará, no devido tempo, que todos os cidadãos dos Estados Unidos que permaneceram leais a ele durante a rebelião, deverão (após a restauração da relação constitucional entre os Estados Unidos e seus respectivos estados e pessoas, se essa relação tenha sido suspensa ou perturbada) ser compensados por todas as perdas em consequência de atos dos Estados Unidos, incluindo a perda de escravos.

L.S.

Em testemunho do qual, minha assinatura e o selo dos Estados Unidos foram afixados.

Feito na cidade de Washington, no vigésimo segundo dia de setembro, no ano de nosso Senhor, mil oitocentos e sessenta e dois, no octogésimo sétimo ano da Independência dos Estados Unidos.

Pelo Presidente: Abraham Lincoln.

William H. Seward, Secretário de Estado.

PROCLAMAÇÃO SUSPENDENDO O MANDADO DE HABEAS CORPUS

24 de setembro de 1862

O mandado de habeas corpus é uma das grandes proteções da liberdade na tradição legal e constitucional anglo-americana. É uma ordem judicial emitida por um tribunal para uma pessoa que tomou outra sob custódia, sob a lei, ordenando que aquela apareça perante o tribunal e justifique a base legal para essa custódia. Se ela não puder fazê-lo, o tribunal ordenará a libertação da pessoa detida ilegalmente. A Constituição permite a suspensão desse mandado em tempos de rebelião ou outras ameaças à segurança pública, mas não está claro quem tem o poder de suspendê-lo, o Congresso ou o Presidente. Lincoln suspendeu o mandato e, depois, pediu ao Congresso que aprovasse suas ações por lei.

Pelo Presidente dos Estados Unidos da América:

Uma proclamação

Visto que, tornou-se necessário chamar ao serviço não apenas voluntários, mas, também, partes da milícia dos estados, por meio de convocação, a fim de suprimir a insurreição existente nos Estados Unidos, impedir que pessoas desleais e que não são adequadamente

Bateria nº 4, perto de Yorktown, com dez morteiros de 13 polegadas cada (33 cm), pesando 20.000 lb (9070 kg), 1862. Fotografia de James F. Gibson.

coibidas pelos processos comuns da lei cometam tais ações, ajudem e deem suporte à insurreição;

Agora, portanto, seja ordenado, primeiro, que durante a insurreição existente e como uma medida necessária para suprimi-la, todos os rebeldes e insurgentes, seus ajudantes e instigadores dentro dos Estados Unidos e todas as pessoas desencorajando alistamentos voluntários, resistindo às convocações de milícias ou culpados de qualquer prática desleal, que ofereçam ajuda e suporte aos rebeldes contra a autoridade dos Estados Unidos, estarão sujeitos à lei marcial e passíveis de julgamento e punição pelos tribunais da Comissão Marcial ou Militar:

Segundo. Que o Mandado de Habeas Corpus está suspenso em relação a todas as pessoas presas; que estão sendo ou serão aprisionadas durante a rebelião, em qualquer forte, campo, arsenal, prisão militar ou outro local de confinamento, por qualquer autoridade militar ou por qualquer Comissão Marcial ou Militar da Corte.

Em testemunho do qual, minha assinatura e o selo dos Estados Unidos foram afixados.

Feito na cidade de Washington, em vinte e quatro dias de setembro, no ano de nosso Senhor mil oitocentos e sessenta e dois, no octogésimo sétimo ano da Independência dos Estados Unidos.

Pelo Presidente: Abraham Lincoln.

William H. Seward, Secretário de Estado.

MENSAGEM ANUAL AO CONGRESSO

Em 1º de dezembro de 1862 (últimos três parágrafos)

Esta passagem é o eloquente encerramento da Mensagem Anual ao Congresso, de 1862, feita pelo Presidente e dedicada à elaboração de um plano detalhado para a emancipação gradual compensada dos escravos e a liquidação da instituição da escravidão até 1900. Embora, nenhum presidente entre John Adams e Woodrow Wilson tenha se dirigido, pessoalmente, ao Congresso, deixando essas mensagens do Estado da União para serem lidas em voz alta, por funcionários, Lincoln escreveu uma de suas passagens mais louvadas e eloquentes, abordando os desafios que ele, o Congresso e o povo americano enfrentavam e persuadindo todos para que se manifestassem.

Não me esqueço da gravidade que deveria caracterizar um artigo dirigido ao Congresso da nação pelo Magistrado Chefe da nação. Também, não me esqueço de que alguns de vocês são meus seniores, nem que muitos de vocês têm mais experiência do que eu na condução de assuntos públicos. No entanto, confio que, tendo em vista a grande responsabilidade que recai sobre mim, vocês não se sentirão desrespeitados com qualquer sinceridade indevida que eu pareça demonstrar.

Duvida-se, então, que o plano que proponho, se adotado, encurte a guerra e, assim, diminua seus gastos em dinheiro e sangue? É duvidoso que isso restaure a autoridade nacional, a prosperidade nacional e perpetue ambos, indefinidamente? É duvidoso que possamos - Congresso e execu-

"Confederados de Palo Alto:" Sargento AM Chandler (à esquerda), do 44º Regimento de Infantaria do Mississippi, Co. F., e Silas Chandler, escravo da família, com facas Bowie, revólveres, pistola de caixa de pimenta, espingarda e cantina. Esta fotografia é datada entre 1861 e 1863.

tivo - garantir sua adoção? As pessoas boas não responderão a um apelo unido e sincero nosso? Poderemos, poderão, por qualquer outro meio, com tanta certeza ou rapidez, garantir esses objetivos vitais? Só poderemos ter sucesso através da união. Não é "alguns de nós podem imaginar melhor?" mas sim "todos nós podemos fazer melhor?". Os dogmas de um passado tranquilo são inadequados para o presente tempestuoso. A ocasião está repleta de dificuldades e precisamos nos elevar - com a ocasião. Como nosso caso é inédito, devemos pensar e agir de maneira inédita. Devemos nos desiludir, para depois, salvarmos nosso país.

Concidadãos, não podemos escapar da história. Nós, deste Congresso e deste governo, seremos lembrados, apesar de nós mesmos. Nenhuma importância pessoal ou insignificância poupará qualquer um de nós. O ardente julgamento pelo qual passamos nos iluminará, em honra ou desonra, até a última geração. Dizemos que somos pela união. O mundo não esquecerá que dissemos isso. Nós sabemos como salvar a união. O mundo sabe que sabemos como salvá-lo. Nós - incluindo os aqui presentes - detemos o poder e assumimos a responsabilidade. Ao dar liberdade aos escravos, garantimos liberdade às pessoas livres - honroso no que damos e no que preservamos. Nobremente salvaremos ou perderemos, de maneira significativa, a última e melhor esperança da terra. Outros meios podem ter sucesso; esse não poderia falhar. O caminho é claro, pacífico, generoso, justo - um caminho que, se seguido, o mundo aplaudirá, para sempre, e Deus deve sempre abençoá-lo.

PROCLAMAÇÃO FINAL DE EMANCIPAÇÃO

Em 1º de janeiro de 1863

Lincoln não recebeu resposta do Sul ao seu plano proposto de emancipação gradual compensada; assim, no dia de Ano Novo de 1863, ele cumpriu sua promessa e emitiu a Proclamação Final de Emancipação. O documento parece uma escritura de terra porque Lincoln delineou, cuidadosamente, a área onde seus poderes executivos bélicos governavam o destino da escravidão - apenas aqueles estados ainda em guerra com a união. O poder de libertar aqueles escravos fazia parte de seus poderes executivos bélicos como presidente; é por isso que ele não libertou escravos em estados que permaneceram leais à união, pois seus poderes não os abrangiam. Ele não apenas libertaria escravos nos estados rebeldes - a guerra se tornaria um conflito para preservar a união e destruir a escravidão. Quando emitiu a proclamação, esforçou-se para descansar a mão, para que, quando assinasse a proclamação, não fosse visto tremer ou indicar qualquer outra hesitação de sua parte em relação à emancipação.

Pelo Presidente dos Estados Unidos da América:

Uma Proclamação.

Considerando que, no vigésimo segundo dia de setembro, no ano de nosso Senhor 1862, uma proclamação foi emitida pelo Presidente dos Estados Unidos, que contém, entre outras coisas, o seguinte, a saber:

Imagem pág. 120: *Primeira leitura da Proclamação de Emancipação diante do gabinete, 22 de julho de 1862, pintada por Francis Carpenter. Da esquerda para a direita: Edwin Stanton, Salmon Chase, Lincoln, Gideon Wells, Caleb Smith, William Seward e Montgomery Blair.*

"Que no primeiro dia de janeiro, no ano de nosso Senhor mil oitocentos e sessenta e três, todas as pessoas mantidas como escravas em qualquer estado ou parte designada de um estado, o povo do qual estará, então, em rebelião contra os Estados Unidos, serão, então, daí em diante e para sempre, livres; o Governo Executivo dos Estados Unidos, incluindo a autoridade militar e naval, reconhecerá e manterá a liberdade de tais pessoas e não fará nenhum ato ou atos para reprimir essas pessoas ou qualquer uma delas, contra quaisquer esforços que possam fazer pela sua liberdade.

"Que o executivo, no primeiro dia de janeiro acima mencionado, por proclamação, designará os estados e partes de estados, se houver, nos quais as pessoas, respectivamente, estejam em rebelião contra os Estados Unidos; e o fato de que qualquer estado ou seu povo, nesse dia, esteja de boa-fé representado no Congresso dos Estados Unidos pelos membros escolhidos nas eleições em que a maioria dos eleitores qualificados desse estado tenha participado, na ausência de fortes testemunhos desfavoráveis, serão consideradas evidências conclusivas de que esse estado e seu povo não estão em rebelião contra os Estados Unidos."

Agora, portanto, eu, Abraham Lincoln, Presidente dos Estados Unidos, em virtude do poder em mim investido como Comandante em Chefe do Exército e da Marinha dos Estados Unidos, em tempo de rebelião armada contra a autoridade e o governo dos Estados Unidos e, como medida de guerra adequada e necessária para suprimir a rebelião, faço, neste primeiro dia de janeiro, no ano de nosso Senhor mil oitocentos e sessenta e três, e de acordo com meu propósito de proclamar publicamente o período completo de cem dias a partir do primeiro dia mencionado acima, ordeno e designo como os estados e partes dos estados em que as pessoas, respectivamente, estão neste dia em rebelião contra os Estados Unidos, a saber:

Arkansas, Texas, Louisiana, (exceto as Paróquias de São Bernardo, Plaquemines, Jefferson, São João, São Carlos, São Tiago, Ascensão, Assunção, Terrebonne, Lafourche, Santa Maria, São Martinho e Orleans, incluindo a Cidade de Nova Orleans) Mississippi, Alabama, Flórida, Geórgia, Carolina do Sul, Carolina do Norte e Virgínia (exceto os quarenta e oito condados designados como Virgínia Ocidental e também os de Berkley, Accomac, Northampton, Elizabeth-City, York, Princess Ann e Norfolk, incluindo as cidades de Norfolk e Portsmouth); e que partes excluídas são, no momento, deixadas precisamente como se esta proclamação não tivesse sido emitida.

Em virtude do poder e para os fins acima mencionados, ordeno e declaro que todas as pessoas mantidas como escravas nos referidos estados designados e partes de estados são e serão livres, a partir de então; e que o

A Proclamação de Emancipação de janeiro de 1863, promulgada por Lincoln, é comemorada pelo cartunista Thomas Nast nesta ilustração que prevê a nova vida que Lincoln tornará possível para escravos libertos.

governo Executivo dos Estados Unidos, incluindo as autoridades militar e naval, reconhecerão e manterão a liberdade dessas pessoas.

E, por este meio, ordeno ao povo assim declarado livre para se abster de qualquer violência, a menos que seja necessária a legítima defesa; e recomendo a eles que, em todos os casos, quando permitido, trabalhem fielmente por salários razoáveis.

Além disso, declaro e comunico que essas pessoas em condições adequadas serão recebidas no serviço armado dos Estados Unidos para guarnecer fortes, posições, estações e outros lugares, e para tripular embarcações de todos os tipos no referido serviço.

E sobre este ato, sinceramente acreditado como um ato de justiça, garantido pela Constituição, por necessidade militar, invoco o julgamento atencioso da humanidade e o favor gracioso de Deus Todo-Poderoso.

Em testemunho do qual, minha assinatura e o selo dos Estados Unidos foram afixados.

Feito na cidade de Washington, neste primeiro dia de janeiro, no ano de nosso Senhor mil oitocentos e sessenta e três, no octogésimo sétimo ano da Independência dos Estados Unidos da América.

Pelo Presidente: Abraham Lincoln.

William H. Seward, Secretário de Estado.

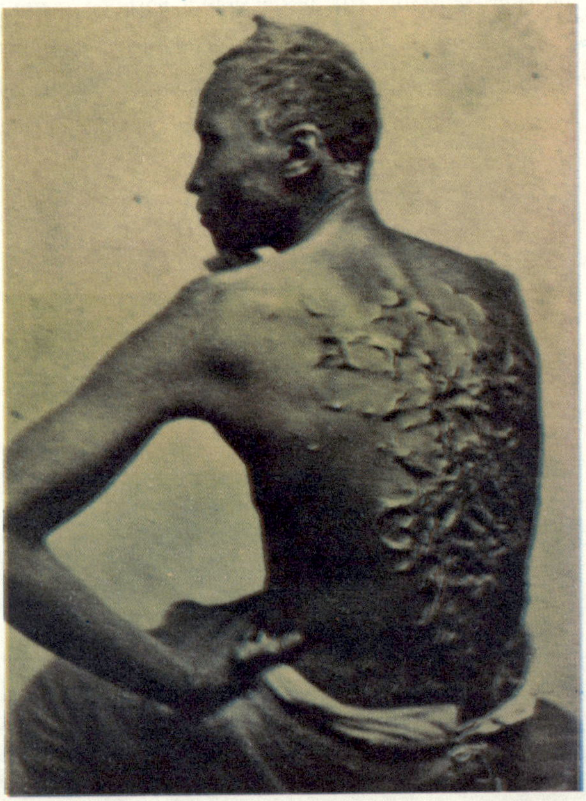

Vítima do chicote do carrasco, o escravo fugitivo Gordon, também conhecido como "Peter Chicoteado", mostrando suas cicatrizes em um exame médico em Baton Rouge, Louisiana, 1863. Gordon logo se juntaria ao exército da União e esta fotografia foi mostrada ao redor do mundo, desempenhando um papel fundamental na propaganda abolicionista.

CARTA AO MAJOR-GENERAL JOSEPH HOOKER

26 de janeiro de 1863

Durante a guerra, Lincoln foi um comandante-chefe ativo e engajado, trabalhando em estreita colaboração com seu secretário de guerra, seu chefe de gabinete e os generais em campo. Ele passou grande parte da guerra no que parecia uma busca infrutífera por um general eficaz. Nesta carta a um dos generais a quem ele confiou o comando, ele mostrou um senso agudo sobre caráter, pontos fortes e fracos de um general e uma habilidade hábil de dar liberdade ao general, sempre lembrando-o de que o presidente estava no comando.

Mansão Executiva
Washington

Major-General Hooker:

General.

Eu o coloquei à frente do exército do Potomac. É claro que fiz isso com base em razões aceitáveis. No entanto, acho melhor que você saiba que existem algumas coisas com as quais não estou muito satisfeito. Acredito que você seja um soldado corajoso e hábil, o que, é claro, eu aprovo. Também acredito que você não misture política com sua profissão, uma atitude correta. Você tem confiança em si mesmo, o que é uma qualidade valiosa, se não indispensável. Você é ambicioso, o que, dentro de limites razoáveis, faz mais bem do que mal. Mas, acho que durante o comando do general Burnside, no Exército, você seguiu a sua ambição e o frustrou o máximo que pôde, o que foi um grande erro ao país e a um irmão tão meritório e honrado. Ouvi dizer e não pude acreditar que você declarou que o Exército e o governo precisavam de um ditador. Claro que não foi por isso, mas apesar disso, que lhe dei o comando. Somente os generais que obtêm sucesso podem se tornar ditadores. O que peço, agora, é o sucesso militar, então, depois, arriscarei uma ditadura. O governo apoiará você o máximo possível, o que não é nem mais, nem menos o que foi e será feito por todos os comandantes. Temo que o espírito que você ajudou a instituir no Exército, de criticar o comandante e recusar a confiança dele, se voltará, agora, contra você. Vou ajudá-lo o máximo que eu puder para resolver isso. Nem você, nem Napoleão, se ele ainda estivesse vivo, poderiam tirar proveito de um exército enquanto esse espírito prevalecesse nele.

Agora, tenha cuidado com a imprudência. Cuidado com a imprudência, mas com energia e vigilância sem descanso, vá em frente e nos dê vitórias.

Atenciosamente
A. Lincoln.

Joseph Hooker (no uniforme de um general de brigada) fotografado entre 1855 e 1863.

DECISÃO SOBRE A ESCRAVIDÃO

15 de abril de 1863

Lincoln nunca se esqueceu da dimensão internacional da Guerra Civil e esta resolução, que ele elaborou na primavera de 1863, reflete essa consciência. Lincoln e seu secretário de Estado, William Seward, estavam experimentando maneiras de alistar nações europeias que estavam se movendo contra a escravidão e olhavam com desagrado para a Confederação, para erguer uma barreira contra a adesão da Confederação à comunidade de nações. Nada resultou desse rascunho.

Visto que, até agora, estados e nações toleraram a escravidão, recentemente, pela primeira vez no mundo, foi feita uma tentativa de construir uma nova nação com base e com o objetivo primário e fundamental de manter, ampliar e perpetuar a escravidão humana, portanto, decidido que nenhum estado embrionário jamais deva ser reconhecido ou admitido na família de nações cristãs e civilizadas; e que todos os homens cristãos e civilizados de todos os lugares devam, por todos os meios legais, resistir ao máximo a esse reconhecimento ou admissão.

CARTA AO GENERAL ULYSSES S. GRANT

13 de julho de 1863

Ulysses S. Grant emergiu dos primeiros anos da Guerra Civil como um dos generais mais astutos, eficazes e confiáveis do Exército da União. Ao mesmo tempo em que toda a atenção nacional estava concentrada na Batalha de Gettysburg, na Pensilvânia, Grant estava concluindo um cerco épico à cidade de Vicksburg, Mississippi, que controlava partes importantes do rio Mississippi e, portanto, o acesso ao sul do Golfo do México e ao Oceano Atlântico. Quando Vicksburg caiu devido ao cerco de Grant, Lincoln escreveu esta breve nota parabenizando Grant por seu sucesso e admitindo, francamente, que estava errado por ter duvidado da estratégia de Grant.

Mansão Executiva,
Washington

Major-General Grant

Meu caro general

Não me lembro de termos nos conhecido pessoalmente. Escrevo isso, agora, como agradecimento pelo serviço quase inestimável que você prestou ao país. Eu gostaria de dizer mais uma palavra. Quando você chegou às proximidades de Vicksburg, pensei que você deveria fazer o que finalmente fez: marchar com as tropas através do istmo, escapar das casamatas com os transportadores e, então, entrincheirar-se; e nunca tive fé, exceto uma esperança geral de que você soubesse, melhor do que eu, que a missão ao Yazoo Pass e, assim por diante, pudesse ter sucesso. Quando você se entrincheirou e tomou Port-Gibson, Grand Gulf e arredores, pensei que você deveria ter descido o rio e se juntado ao general Banks; quando você virou para o nordeste do Big Black, eu temi que fosse um erro. Agora, desejo fazer o reconhecimento pessoal de que você estava certo e que eu estava errado.

Atenciosamente
A. Lincoln.

Cromolitografia do general Ulysses S. Grant, produzida por James Fuller Queen, entre 1865 e 1870.

ORDEM DE RETALIAÇÃO

30 de julho de 1863

A pedido de Frederick Douglass, outros abolicionistas e de governadores republicanos, como o governador de Massachusetts John A. Andrew, Lincoln aprovou a ideia de que homens negros pudessem servir nas fileiras da União (embora eles sempre fossem comandados por oficiais comissionados brancos). Aprendendo que as forças confederadas ameaçavam atirar em qualquer homem negro capturado com uniforme da União, Lincoln emitiu essa ordem, ameaçando atirar em prisioneiros confederados se as forças confederadas executassem sua ameaça.

Ordem do Presidente
Mansão Executiva, Washington DC

É dever de todo governo proteger seus cidadãos, de qualquer classe, cor ou condição e, especialmente, aqueles que estão devidamente organizados como soldados no serviço público. A lei das nações e os usos e costumes da guerra praticados pelas potências civilizadas não permitem distinção quanto à cor no tratamento dos prisioneiros de guerra como inimigos públicos. Vender ou escravizar qualquer pessoa capturada, por causa de sua cor e sem ofensa às leis da guerra, é uma recaída na barbárie e um crime contra a civilização da época.

O governo dos Estados Unidos dará a mesma proteção a todos os seus soldados e, se o inimigo vender ou escravizar alguém por causa de sua cor, o crime será punido com retaliação aos inimigos aprisionados em nossa posse.

Portanto, ordeno que, para cada soldado dos Estados Unidos morto em violação às leis da guerra, um soldado rebelde seja executado; e para cada um que seja escravizado pelo inimigo ou vendido como escravo, um soldado rebelde será submetido a trabalhos forçados nas obras públicas e continuando nesse trabalho até que o outro seja libertado e receba o tratamento devido a um prisioneiro de guerra.

Abraham Lincoln.

Soldado afro-americano não identificado, no uniforme de um sargento da União com fita de luto preta e baioneta, à frente de fundo pintado. (1863-65).

DISCURSO EM GETTYSBURG

19 de novembro de 1863

Após a batalha de Gettysburg, a cidade estava lutando para lidar com os milhares de cadáveres da União e da Confederação espalhados pelo campo de batalha. Rapidamente, os estados montaram um comitê para organizar a criação e o projeto de um cemitério nacional de guerra em Gettysburg, onde esses homens seriam enterrados. O projeto era estadual e, somente no último minuto, alguém pensou em convidar o presidente Lincoln para participar. Ele, imediatamente, aceitou o convite. Ao contrário da lenda, Lincoln passou cerca de duas semanas escrevendo e reescrevendo as 272 palavras do que se tornou seu discurso mais famoso e ainda estava revisando e mexendo nele no caminho para o cemitério. O discurso foi tão curto que, quando o fotógrafo terminou de focalizar sua câmera no presidente, Lincoln havia concluído e retomado seu lugar. O discurso é um dos melhores de Lincoln, apresentando, de forma concisa, seu argumento sobre a natureza da iniciativa americana no governo, a natureza da nação americana, da Guerra Civil e sobre o futuro dessa guerra.

Oitenta e sete anos atrás, nossos pais criaram, neste continente, uma nova nação, concebida em liberdade e dedicada à proposição de que todos os homens nascem iguais. Agora, estamos envolvidos em uma grande guerra civil, testando se essa nação, ou qualquer nação concebida como tal, e tão dedicada, pode durar muito tempo. Nos encontramos em um grande campo de batalha desta guerra. Viemos para dedicar uma parte desse campo como um local de descanso final para aqueles que aqui deram suas vidas, para que essa nação possa relembrá-los. É totalmente adequado e apropriado que façamos isso. Mas, em um sentido mais amplo, não podemos dedicar, não podemos consagrar - não podemos santificar - esse terreno. Os homens valentes, vivos e mortos, que lutaram aqui, o consagraram muito acima do nosso pobre poder de dar ou remover. O mundo notará pouco, nem se lembrará por muito tempo do que for dito aqui, mas, nunca se esquecerá do que eles fizeram aqui. E nós, os vivos, devemos, aqui, dedicar o trabalho inacabado dos que lutaram e o fizeram tão nobremente. É melhor que estejamos dedicados à grande tarefa que nos resta - que, dentre esses mortos honrados, dediquemos uma crescente devoção à causa pela qual eles aqui deram a última medida completa de devoção - que aqui entendamos, com clareza, que esses mortos não morreram em vão - que esta nação, sob Deus, nascerá de novo na liberdade, e que o governo do povo, pelo povo, para o povo, não pereça na terra.

Tirada por volta do meio-dia, três horas antes de fazer seu discurso, esta é uma fotografia fascinante de Lincoln em Gettysburg (centro, de frente para a câmera). Ele se encontra ao lado de seu guarda-costas, Hill Lamon, um homem gigante, usando uma cartola grande.

Ilustração mostrando um heroico Abraham Lincoln na plataforma dos palestrantes em Gettysburg, com o general Grant em segundo plano, 1863.

CARTA PARA ALBERT G. HODGES

4 de abril de 1864

Nesta carta, Lincoln revisou suas ações e opiniões sobre a escravidão e, em particular, suas ações como presidente, antes e após a Proclamação de Emancipação. No processo, ele reafirmou seu ódio inalterável à escravidão e seu desejo de que todos os homens fossem livres. Nesta carta, ele também negou qualquer capacidade de controlar ou prever eventos e reafirmou sua fé em Deus e suas reflexões em seu fragmento "Meditação sobre a vontade divina". Esta carta é outra fonte para a passagem-chave de seu Segundo Discurso Inaugural.

Mansão Executiva,
Washington

Meu caro senhor: Você me pede que escreva a essência do que eu disse, outro dia, em sua presença, ao governador Bramlette e ao senador Dixon. Foi o seguinte:

"Sou, naturalmente, antiescravidão. Se a escravidão não está errada, nada está errado. Não me lembro quando não pensei e não senti isso. E, no entanto, nunca julguei que a presidência me conferisse um direito irrestrito de agir oficialmente sobre esse julgamento e sentimento. De acordo com o juramento que fiz, da melhor maneira possível, eu preservaria, protegeria e defenderia a Constituição dos Estados Unidos. Eu não poderia assumir o cargo sem prestar juramento. Também, não era minha opinião que eu pudesse prestar um juramento para obter poder e quebrá-lo ao usá-lo. Também, julguei que, na administração civil comum, esse juramento até me proibia de, praticamente, satisfazer meu julgamento abstrato sobre a questão moral da escravidão. Eu já havia declarado isso publicamente várias vezes e de várias maneiras. E afirmo que, até hoje, não fiz nenhum ato oficial em mera deferência ao meu julgamento abstrato e ao meu sentimento sobre a escravidão. Compreendi, no entanto, que meu juramento de preservar a Constituição, da melhor maneira possível, me impunha o dever de preservar, por todos os meios indispensáveis, este governo - esta nação - cuja Constituição é a lei orgânica. Seria possível perder a nação e ainda preservar a Constituição? Pela lei geral, a vida e os membros devem ser protegidos; no entanto, muitas vezes, um membro deve ser amputado para salvar uma vida; mas uma vida nunca é, sabiamente, dada para salvar um membro. Eu senti que medidas, antes inconstitucionais, poderiam se tornar legais, tornando-se indispensáveis à preservação da Constituição através da preservação da nação. Certo ou errado, eu assumi esse fundamento e, agora, admito. Eu não podia aceitar que, da melhor maneira possível, tentei proteger a Constituição, se, para salvar a escravidão ou qualquer questão menor, eu permitisse a destruição do governo, país e Constituição juntos. Quando, no início da guerra, o general Fremont tentou a emancipação militar, eu a proibi, porque não a considerava uma necessidade indispensável. Quando, um pouco mais tarde, o general Cameron, então secretário de Guerra, sugeriu o armamento dos negros, opus-me, porque ainda não achava isso uma necessidade indispensável. Quando, ainda mais tarde, o general Hunter tentou a emancipação militar, eu a proibi, novamente, porque ainda não achava que essa necessidade indispensável houvesse chegado. Quando, em março, maio e julho de 1862, fiz apelos sinceros e sucessivos aos estados fronteiriços em favor da emancipação compensada, eu acreditava na necessidade indispensável da emancipação militar e, com esta, o armamento dos negros, a não ser que fosse evitado por aquela medida. Eles recusaram a proposição; e, no meu melhor julgamento, fui levado à alternativa de apoiar a União, com ela, a Constituição, e não o uso da força sobre os membros de cor. Eu escolhi o último. Ao escolher, esperava maior ganho que perda; mas, disso, eu não estava totalmente confiante. Mais de um ano de julgamentos mostram nenhuma perda por ela em nossas relações externas, nenhuma em nosso sentimento popular em casa, nenhuma em nossa força militar branca - nenhuma perda por ela de qualquer maneira ou em qualquer lugar. Pelo contrário, mostra um ganho de 130 mil soldados, marinheiros e trabalhadores. São fatos palpáveis, sobre os quais, como fatos, não pode haver desavenças. Nós temos os homens; e não poderíamos tê-los sem a medida.

["] Agora, permita que qualquer homem da União que se queixe da medida escreva, em uma linha, que ele é favorável em subjugar a rebelião pela força das armas; e, na seguinte, que ele é a favor de tirar esses 130 mil homens do lado da União e colocá-los onde eles estariam, exceto pela medida que ele condena. Se ele não puder enfrentar o seu caso, assim declarado, é apenas porque ele não pode enfrentar a verdade. ["]

Quero acrescentar algo que não estava na conversa verbal. Ao contar essa história, não tento elogiar minha própria sagacidade. Eu reivindico não controlar os eventos, mas confesso, claramente, que os eventos me controlaram. Agora, no final de três anos de luta, a condição da nação não é o que qualquer das partes, ou qualquer homem, teria imaginado ou esperado. Somente Deus pode reivindicá-la. Para onde está tendendo, parece claro. Se Deus, agora, deseja remover um grande erro e, também, quer que nós, do Norte, assim como vocês do Sul, paguemos de maneira justa por nossa cumplicidade nesse erro, a história imparcial encontrará novas causas para provar e reverenciar a justiça e bondade de Deus. Atenciosamente,

A. Lincoln.

DISCURSO EM UMA FEIRA SANITÁRIA

Baltimore, 18 de abril de 1864

A Comissão Sanitária dos EUA foi fundada em 1861 para cuidar de mortos, feridos e doentes entre as fileiras das forças da União, durante a guerra. Para apoiar seu trabalho, cidadãos organizaram feiras sanitárias nos Estados Unidos. Nesse discurso, em uma feira sanitária em Baltimore, Lincoln ofereceu sua própria definição de liberdade à luz da guerra para preservar a União e acabar com a escravidão, e revisitou o problema das ameaças confederadas de represálias contra soldados negros da União.

Baltimore, MD

Senhoras e senhores - Lembrando que estamos em Baltimore, não podemos deixar de notar que o mundo continua se movendo. Olhando para tantas pessoas reunidas aqui, para servir, da melhor maneira possível, os soldados da União, ocorreu-me, imediatamente, que três anos atrás os mesmos soldados não podiam passar por Baltimore. A mudança desde então, é grande e gratificante. Bênçãos aos bravos homens que fizeram a mudança e às mulheres justas que se esforçam para recompensá-los por isso.

Mas, Baltimore mostra que muito mais poderia acontecer aqui. Essa mudança é parte, apenas, de uma mudança muito mais ampla. Quando a guerra começou, três anos atrás, nenhum partido, nenhum homem esperava que durasse até agora. Cada um esperava o seu fim, de alguma forma, antes de hoje. Ninguém previu que a escravidão doméstica seria afetada pela guerra. Mas, aqui estamos; a guerra não terminou e a escravidão foi muito afetada - quanto, agora não precisa ser relembrado. Tão verdadeiro é que: o homem propõe e Deus dispõe.

Mas, podemos ver o passado, embora não possamos afirmar que o controlamos; e, observando isso, neste caso, nos sentimos mais esperançosos e confiantes para o futuro.

O mundo nunca teve uma boa definição da palavra liberdade e o povo americano, mesmo agora, está muito carente de uma. Todos aclamamos pela liberdade; mas, ao usar a mesma palavra, nem todos queremos dizer a mesma coisa. Para alguns, a palavra liberdade pode significar que cada homem pode fazer o que quiser consigo mesmo e com o fruto de seu trabalho; enquanto, para outros, a mesma palavra significa que eles podem fazer o que bem entenderem com outros homens e o fruto do trabalho desses homens. Aqui estão duas coisas não apenas diferentes, mas incompatíveis, chamadas pelo mesmo nome - liberdade. E, segue-se que cada uma das coisas é, pelos respectivos partidos, chamada por dois nomes diferentes e incompatíveis - liberdade e tirania.

O pastor separa o lobo da garganta da ovelha, ato pelo qual a ovelha agradece ao pastor como libertador, enquanto o lobo o denuncia, pelo mesmo ato, como destruidor da liberdade, especialmente porque a ovelha era negra. Claramente, a ovelha e o lobo não concordam com uma definição da palavra liberdade; e é, exatamente, a mesma diferença que prevalece hoje entre nós, criaturas humanas, mesmo no Norte, todos professando amar a liberdade. Por isso, contemplamos os processos pelos quais milhares passam, diariamente, sob o jugo da escravidão, aclamada por alguns como o avanço da liberdade e lamentada por outros como a destruição de toda a liberdade. Recentemente, ao que parece, o povo de Maryland tem feito algo para definir liberdade; e, graças ao que eles fizeram, o dicionário do lobo foi repudiado.

Não é apropriado para alguém na minha posição fazer discursos extensos; mas, há outro assunto sobre o qual sinto que devo dizer algumas palavras. Um boato doloroso e verdadeiro, temo, chegou até nós sobre o massacre pelas forças rebeldes de cerca de 300 soldados de cor e oficiais brancos dominados e mortos por seus agressores, em Fort Pillow, no extremo oeste do Tennessee, no rio Mississippi. Parece haver alguma dúvida na mente do público, neste momento, se o governo estaria cumprindo seu dever para com os soldados de cor e para o serviço militar. No início da guerra, e por um tempo, o uso de tropas de cor não foi considerado; de que maneira ocorreu a mudança desse propósito, agora, não tomarei tempo para explicar. Com uma clara convicção do dever, considerei o uso desse tipo de força; e sou responsável por essa decisão para: o povo americano, o mundo cristão, a história e a minha causa final com Deus. Tendo decidido usar o negro como soldado, não há como não dar a ele toda a proteção dada a qualquer outro soldado. A dificuldade não está em expor o princípio, mas em aplicá-lo. É um erro supor que o governo não se preocupa por essa dificuldade ou não está fazendo o melhor que pode em relação a ela. Nós não temos como saber se um soldado de cor, ou oficial branco comandando soldados de cor, foram massacrados pelos rebeldes quando foram feitos prisioneiros. Tememos; acreditamos, posso dizer; mas não sabemos. Tirar a vida de um dos prisioneiros rebeldes, supondo que eles mataram os nossos, quando temos informações insuficientes, pode ser um erro muito grave, muito cruel. Estamos investigando, minuciosamente, o caso do Forte Pillow; e essa investigação, provavelmente, mostrará a verdade. Se, depois de tudo o que foi dito, for constatado que não houve massacre em Fort-Pillow, será quase seguro afirmar que este não ocorreu e que não haverá nenhum outro massacre em outro lugar. Se houve o massacre de 300 ali ou mesmo a décima parte de trezentos, será provado conclusivamente; sendo assim provado, a retaliação, certamente, virá. Será uma questão de profunda consideração em que direção exata aplicar a retaliação; mas neste caso, deverá ocorrer.

RESPOSTA A UMA SERENATA

10 de novembro de 1864

Muitas vezes, em momentos-chave da guerra, multidões desciam para a mansão executiva acompanhadas por músicos ou uma banda de percussão para celebrar um determinado evento e fazer uma serenata ao presidente. Lincoln, então, falaria com a multidão, fornecendo a eles sua visão da questão. Nesta resposta a uma serenata, Lincoln deu boas-vindas aos resultados da eleição presidencial de 1864, que o reelegeu para a presidência e sobre o candidato democrata (e ex-general da União) George B. McClellan. Lincoln também reafirmou seu compromisso com os processos constitucionais e democráticos de governança. Embora a Nação estivesse envolvida em uma guerra civil, ele nunca pensou em cancelar ou adiar a eleição.

Há muito tempo que se questiona se algum governo, que não seja forte demais para as liberdades de seu povo, pode ser forte o suficiente para manter sua própria existência em grandes emergências.

Na atual conjectura, a rebelião testou nossa república de um modo severo; uma eleição presidencial durante a rebelião aumentou um pouco mais a tensão. Se o povo leal, unido, foi forçado ao seu extremo pela rebelião, não deveria falhar se estivesse dividido e, parcialmente paralisado por uma guerra política entre si?

Mas, a eleição foi uma necessidade.

Não podemos ter um governo livre sem eleições; se a rebelião nos forçar a renunciar ou adiar uma eleição nacional, essa rebelião poderia declarar que já nos conquistou e nos arruinou. O conflito da eleição é, apenas, a natureza humana praticamente aplicada aos fatos do caso. O que ocorreu neste caso, sempre ocorrerá em casos semelhantes. A natureza humana não vai mudar. Em qualquer grande provação nacional futura, comparado com os homens de agora, teremos o fraco e o forte; o bobo e o sábio; o ruim e o bom. Vamos, portanto, estudar esses incidentes como uma filosofia para aprender a sabedoria deles e não como erros deles a serem vingados.

Mas, a eleição, juntamente com seu conflito acidental e indesejável, também se saiu bem. Demonstrou que o governo de um povo pode sustentar uma eleição nacional no meio de uma grande guerra civil. Até agora, não se sabia que isso era uma possibilidade. Também, mostra quão sadios e fortes ainda somos. Isso mostra que, mesmo entre os candidatos do mesmo partido, aquele que é mais dedicado à União e contra a traição pode receber a maioria dos votos do povo. Mostra também, na medida em que se sabe, que temos mais homens agora do que tínhamos quando a guerra começou. O ouro tem seus momentos; mas homens vivos, corajosos e patrióticos são melhores que o ouro.

Mas, a rebelião continua e, agora que a eleição terminou, é possível que todos, tendo um interesse comum, unam-se em um esforço comum para salvar nosso país? Pela minha parte, lutei e tentei evitar colocar qualquer obstáculo no caminho. Enquanto estive aqui, não plantei, voluntariamente, nenhum espinho no peito de ninguém.

Apesar de estar profundamente sensível ao grande elogio de uma reeleição e, devidamente agradecido, como confio ao Deus Todo-Poderoso por ter dirigido meus compatriotas a uma escolha correta, penso, então, para seu próprio bem, que não acrescenta em nada à minha satisfação que outros possam ter se decepcionado ou sofrido com o resultado.

Posso pedir àqueles a favor de mim que se juntem a mim no mesmo espírito daqueles que são contra mim?

Agora, deixe-me terminar pedindo três aplausos calorosos para os nossos bravos soldados, marinheiros e seus comandantes galantes e hábeis.

CARTA PARA WILLIAM T. SHERMAN

26 de dezembro de 1864

Nesta carta alegre e eloquente, Lincoln agradece ao general Sherman por sua conquista, pela União, de Savannah, na Geórgia, por sua campanha na Carolina do Sul e na Geórgia, que minaram, significativamente, a resistência confederada à União.

Mansão Executiva, Washington,

Meu Querido General Sherman.

Muito, muito obrigado pelo seu presente de Natal - a captura de Savannah.

Quando você estava quase saindo de Atlanta para a costa atlântica, eu estava ansioso, com medo; mas, sentindo que você era o melhor juiz e lembrando que "sem risco, sem ganho", não interferi. Agora, sendo o empreendimento um sucesso, a honra é toda sua; pois acredito que nenhum de nós foi além do que admitimos. E, levando em consideração o trabalho do general Thomas, foi realmente um grande sucesso. Não apenas ofereceu as vantagens militares óbvias e imediatas; mas, ao mostrar ao mundo que seu exército poderia ser dividido, colocando a parte mais forte em um novo serviço importante e, ainda assim, deixando o suficiente para derrotar a velha força oposta do todo - o exército de Hood fez aqueles que estavam na escuridão admirar a luz produzida. Mas, o que vem depois? Suponho que será mais seguro deixar a decisão para o general Grant e você.

Por favor, estenda meus agradecimentos a todo o seu exército, oficiais e homens.

Atenciosamente
A. Lincoln.

Busto do retrato de William Tecumseh Sherman, cerca de 1877, por artista desconhecido.

RESPOSTA A UMA SERENADA

1º de fevereiro de 1865

A ocasião para essa serenata foi a proposta, pelo Congresso, de uma emenda constitucional que aboliu a escravidão - que se tornou a Décima Terceira Emenda quando ratificada, em dezembro de 1865. Nesse discurso, Lincoln refletiu sobre o curso, muitas vezes confuso e espinhoso, de eventos que começaram com sua eleição, em 1860, continuando com a guerra e a Proclamação da Emancipação e concluindo com a proposta da emenda de abolição, que ele esperava que encerrasse "tudo".

O presidente disse que supôs que a passagem da emenda constitucional para a abolição da escravidão nos Estados Unidos pelo Congresso fosse a ocasião em que ele seria grato pela honra desta chamada. [Aplausos.] A ocasião foi de parabenização ao país e ao mundo inteiro. Mas, ainda temos uma tarefa pela frente: avançar e finalizar, pelos votos dos estados, o que o Congresso tão nobremente começou ontem. [Aplausos e gritos - "Eles farão isso," etc.) Ele teve a honra de informar aos presentes que Illinois já havia feito o trabalho. [Aplausos.] Maryland estava na metade; mas sentiu-se orgulhoso por Illinois estar um pouco à frente. Ele achava que essa medida era um complemento muito apropriado, talvez, indispensável para o encerramento da grande dificuldade. Ele desejou que a reunião de todos os estados fosse tão perfeita e efetiva a ponto de remover todas as causas de perturbação no futuro e, para atingir esse objetivo, seria necessário que a causa original da perturbação fosse, se possível, erradicada. Ele imaginou que todos testemunhariam tudo que ele faria, sem pestanejar, para erradicar a escravidão emitindo uma proclamação de emancipação. [Aplausos.] Mas, essa proclamação fica muito aquém do que a emenda será quando estiver totalmente consumada. Uma questão poderá ser levantada: se a proclamação foi legalmente válida. Pode-se acrescentar que apenas ajudou aqueles que entraram em nossas fileiras e que era inútil para os que não se entregaram, ou que isso não teria nenhum efeito sobre os filhos dos escravos nascidos depois. De fato, seria insistido que o mal não foi eliminado. Porém, esta emenda é a cura do rei para todos os males. [Aplausos.] Ela conduz tudo. O presidente repetiu que foi conveniente, se não indispensável, para consumação do grande jogo que estamos jogando. Ele não poderia deixar de felicitar, pessoalmente, todos os presentes, o país e o mundo inteiro por essa grande vitória moral.

Esta fotografia mostra Wilson Chinn, um ex-escravo da Louisiana, com as iniciais de seu proprietário, Volsey B. Marmillion, marcada na testa, posando com um colar de punição e outros equipamentos usados para punir escravos, 1863.

O segundo discurso inaugural, em 4 de março de 1865: Abraham Lincoln fala no pórtico oriental do Capitólio dos EUA. John Wilkes Booth e seus colegas conspiradores estavam no meio da multidão. A cabeça de Booth é visível na quinta coluna (ele não está usando chapéu). Os outros conspiradores podem ser vistos diretamente abaixo da mesa em que Lincoln apoiou seu discurso. O primeiro e o quarto estão vestindo casacos de cores claras.

SEGUNDO DISCURSO INAUGURAL

4 de março de 1865

Talvez, ainda melhor que o discurso de Lincoln em Gettysburg, foi o seu segundo discurso inaugural. Esse discurso poderoso e elegante revisou o curso da guerra, sua relação com a escravidão e o destino da escravidão. Apresenta um poderoso argumento moral, temperado com as reflexões religiosas sobre a vontade de Deus em relação à escravidão e à União, que marcaram Lincoln em vários momentos ao longo de sua presidência, e termina com uma sentença comovente e eloquente indicando o que Lincoln esperava que a União e o povo americano pudessem fazer para se recuperar da guerra e colocá-la no passado.

Washington, DC

Neste segundo momento em que presto juramento ao cargo presidencial, há menos oportunidade para um discurso prolongado do que no primeiro. Então, uma declaração um pouco detalhada do caminho a seguir parece adequada e apropriada. Agora, ao término de quatro anos, durante os quais declarações públicas foram constantemente apresentadas em todos os pontos e fases do grande acontecimento que ainda absorve a atenção e as energias da nação, pouco pode ser apresentado. O progresso de nossas forças, do qual todo o resto depende, principalmente, é tão conhecido do público quanto por mim; e é, acredito, razoavelmente satisfatório e encorajador para todos. Com grande esperança para o futuro, nenhuma previsão a respeito é arriscada.

Na ocasião correspondente a isso, há quatro anos, todos os pensamentos foram, ansiosamente, direcionados para uma guerra civil iminente. Todos temiam isso - todos procuravam evitá-la. Enquanto o discurso inaugural estava ocorrendo neste local, inteiramente dedicado a salvar a União sem guerra, agentes insurgentes estavam na cidade procurando destruí-la sem guerra - tentando dissolver a União, dividir propriedades através de negociações. Ambas as partes desaprovavam a guerra; mas uma delas faria guerra em vez de deixar a nação sobreviver; e a outra, aceitaria a guerra em vez de deixá-la perecer. E a guerra começou.

Um oitavo de toda a população era de escravos de cor, desigualmente distribuídos pela União, localizados na parte sul. Esses escravos constituíam um interesse peculiar e poderoso. Todos sabiam que esse interesse era, de alguma forma, a causa da guerra. Fortalecer, perpetuar e estender esse interesse era o objetivo pelo qual os insurgentes fragmentariam a União, mesmo através da guerra; enquanto isso, o governo não reivindicava o direito de fazer mais do que restringir sua ampliação territorial. Nenhuma das partes esperava a guerra, a magnitude ou a duração que ela já alcançou. Também, não haviam previsto que a causa do conflito pudesse cessar antes do próprio conflito. Cada um procurou um triunfo mais fácil e um resultado menos básico e assombroso. Ambas partes leem a mesma Bíblia e oram ao mesmo Deus; e cada um invoca Sua ajuda contra o outro. Pode parecer estranho que algum homem ouse pedir uma ajuda de um Deus justo para tirar o pão da mão de outros homens; mas, não julguemos para não sermos julgados. As orações de ambas não puderam ser respondidas; a de nenhuma foi respondida integralmente. O Todo-Poderoso tem seus próprios propósitos. Ai do mundo por causa de ofensas! pois é necessário que surjam ofensas; mas, ai daquele homem por quem a ofensa vier! Se supusermos que a escravidão americana é uma daquelas ofensas que, na providência de Deus, devem ser necessárias, mas que, tendo continuado durante o tempo designado, Ele agora deseja remover e Ele dá ao norte e ao sul esta guerra terrível como sofrimento pela ofensa causada, será que poderemos discernir nela alguma partida daqueles atributos divinos que os crentes em um Deus Vivo sempre lhe atribuem? Carinhosamente, esperamos - rezamos fervorosamente - que esse poderoso flagelo da guerra passe rapidamente. Contudo, se Deus quiser que continue, até que toda a riqueza acumulada pelos 250 anos de labuta não correspondida seja afundada, e até que toda gota de sangue colhida com o chicote, seja colhida pela espada, como foi dito 3 mil anos atrás, ainda assim deve ser dito "os julgamentos do Senhor são verdadeiros e justos por completo."

Com malícia para ninguém; com caridade para todos; com firmeza no certo, como Deus nos ajuda a ver o certo, vamos nos esforçar para terminar o trabalho no qual nos encontramos; atar as feridas da nação; cuidar daqueles que lutaram na batalha, de sua viúva e seu órfão - fazer tudo o que for possível para alcançar e nutrir uma paz justa e duradoura entre nós e entre todas as nações.

Cartaz ilustrado, 1863, mostrando a jornada de um escravo da vida nas plantações até a luta pela liberdade, pela qual ele dá a vida como soldado da União durante a Guerra Civil.

RESPOSTA A UMA SERENADA

10 de abril de 1865

A ocasião para esta serenata foi a rendição do general Robert E. Lee, do exército do norte da Virgínia, o principal exército confederado, ao general Ulysses S. Grant, comandante do exército de Potomac, o principal exército da União. Em resposta à multidão alegre, Lincoln procurou reivindicar para a União a música "Dixie" que (embora escrita por um nova-iorquino) havia se tornado um símbolo confederado.

"CAROS CIDADÃOS: Fico muito satisfeito ao descobrir que ocorreu uma ocasião tão prazerosa que as pessoas não podem se conter. [Aplausos.] Suponho que arranjos estão sendo planejados para algum tipo de manifestação formal nesta noite ou, talvez, amanhã. [Gritos de 'Mal podemos esperar', queremos agora' etc.) Se houver uma manifestação dessas, é claro que terei que atender ao chamado e não terei nada a declarar, se vocês me exaurirem agora. [Risos e aplausos.] Vejo que vocês têm uma banda de música. [Vozes, 'Nós temos duas ou três.'] Proponho que terminemos este encontro com a banda tocando uma música em particular. Antes disso, porém, desejo mencionar uma ou duas pequenas circunstâncias relacionadas a ela. Eu sempre achei 'Dixie' uma das melhores músicas que eu já ouvi. Nossos adversários, ao longo do caminho, tentaram se apropriar da música, mas, ontem, insisti que a capturamos de maneira justa. [Aplausos.] Apresentei a pergunta ao procurador-geral e ele deu como opinião legal que é o nosso prêmio legal. [Risos e aplausos.] Agora, peço à banda que me favoreça com sua performance."

O LEGADO DE LINCOLN: EMENDAS À CONSTITUIÇÃO

Três emendas propostas e ratificadas entre 1865 e 1870 são os meios da Constituição para registrar os resultados da Guerra Civil no documento. Embora, muitas vezes chamadas de Emendas da Guerra Civil, cada uma foi proposta e adotada em um momento diferente; cada emenda sucessiva deveria fornecer proteção constitucional adicional à liberdade e à igualdade humana que sua antecessora não alcançou completamente. Juntas, essas emendas constituem uma espécie de reescrita da Constituição dos EUA para torná-la uma carta de governo para uma nação recém-unificada, salvaguardando a liberdade e a igualdade para o povo da nação.

A DÉCIMA TERCEIRA EMENDA:

Em janeiro de 1865, o Congresso propôs a primeira emenda à Constituição a ser adicionada ao documento desde a Décima Segunda Emenda, em 1804. A Décima Terceira Emenda registrou, na Constituição, o que Lincoln chamou de consequência "fundamental e surpreendente" da Guerra Civil: a destruição da escravidão. A primeira vez que a palavra escravidão aparece no documento é na emenda que a proíbe para sempre. O segundo parágrafo da emenda acrescenta novos poderes significativos aos concedidos ao Congresso pela Constituição.

EMENDA XIII

Seção 1. Nem a escravidão, nem a servidão involuntária, exceto como punição por crime pelo qual a parte foi devidamente condenada, existirão nos Estados Unidos ou em qualquer lugar sujeito à sua jurisdição.

Seção 2. O Congresso terá poder para aplicar este artigo pela legislação apropriada. *Proposta pelo Congresso em 31 de janeiro de 1865. Ratificada em 6 de dezembro de 1865.*

A DÉCIMA QUARTA EMENDA:

Para proteger a Lei dos Direitos Civis, de 1866, de contestação constitucional e reafirmar e estender a função da Décima Terceira Emenda, o Congresso, em 1866, propôs o que se tornou a Décima Quarta Emenda para os estados. Sua primeira e quinta seções são as mais importantes e duradouras. A primeira seção define duas formas de cidadania dos Estados Unidos - cidadania original ou cidadania naturalizada - e coloca a cidadania nacional à frente da cidadania de qualquer estado. Também, protege os privilégios e imunidades dos cidadãos dos EUA contra contestação por governos estaduais e locais, proíbe qualquer estado de interferir na vida, liberdade ou propriedade dos cidadãos dos EUA sem o devido processo legal (paralelo à linguagem semelhante na Quinta Emenda que limita o governo dos EUA) e proíbe qualquer negação de "igual proteção das leis". A quinta seção repete a concessão de poder ao governo dos EUA, culminando na Décima Terceira Emenda. As outras três cláusulas são mais específicas e nunca foram invocadas.

Emenda XIV - Direitos da Cidadania

Seção 1. Todas as pessoas nascidas ou naturalizadas nos Estados Unidos e sujeitas à sua jurisdição são cidadãos dos Estados Unidos e do estado em que residem. Nenhum Estado deve fazer ou aplicar qualquer lei que reduza os privilégios ou imunidades dos cidadãos dos Estados Unidos; nenhum Estado privará qualquer pessoa da vida, liberdade ou propriedade sem o devido processo legal; nem negará a qualquer pessoa dentro de sua jurisdição uma proteção igualitária das leis.

Seção 2. Os representantes serão distribuídos entre os vários estados de acordo com seus respectivos números, considerando o número total de pessoas em cada estado, excluindo os índios não tributados. Mas, quando o direito ao voto dos eleitores, em qualquer eleição, para a escolha do presidente e vice-presidente dos Estados Unidos, representantes do Congresso, os executivos e juízes de um estado ou os membros do legislativo, for negado a qualquer dos habitantes do sexo masculino desse Estado, com 21 anos de idade, e a cidadãos dos Estados Unidos ou houver qualquer forma de restrição, exceto pela participação em rebelião ou outro crime, a base de representação será reduzida na proporção em que o número de cidadãos do sexo masculino comporte todos os cidadãos do sexo masculino com 21 anos de idade nesse estado.

Seção 3. Ninguém poderá ser senador ou representante no Congresso ou eleitor para a escolha de presidente e vice-presidente, nem exercer qualquer cargo, civil ou militar nos Estados Unidos ou em qualquer estado se, depois de prestar juramento como membro do Congresso ou como oficial dos Estados Unidos ou como membro do legislativo de qualquer estado ou como oficial executivo ou judiciário de qualquer estado para apoiar o cumprimento da Constituição dos Estados Unidos, tiver se envolvido em insurreição ou rebelião contra os mesmos ou se tiver prestado qualquer tipo de auxílio aos inimigos dos Estados Unidos. Mas, o Congresso pode, pelo voto de dois terços de cada Casa, remover essa incapacidade.

Seção 4. A validade da dívida pública dos Estados Unidos, autorizada por lei, incluindo dívidas incorridas pelo pagamento de pensões e recompensas por serviços de eliminação de insurreição ou rebelião, não será questionada. Mas, os Estados Unidos ou qualquer estado assumirão ou pagarão qualquer dívida ou obrigação incorrida em auxílio de insurreição ou rebelião contra os Estados Unidos ou qualquer reivindicação pela perda ou emancipação de qualquer escravo; todas essas dívidas, obrigações e reivindicações serão consideradas ilegais e sem efeito.

Seção 5. O Congresso terá o poder de fazer cumprir, por legislação apropriada, o disposto neste artigo.

Proposta pelo Congresso em 13 de junho de 1866. Ratificada em 9 de julho de 1868.

A DÉCIMA QUINTA EMENDA:

Ao propor a Décima Quinta Emenda, o Congresso dos Estados Unidos estava irritado e determinado a forçar governos estaduais e locais a abrir o voto para homens afro-americanos. A emenda presume que os estados controlam o acesso à eleição, mas impõe o primeiro limite constitucional federal de como os estados podem limitar esse acesso às eleições - o de raça, cor ou condição anterior de servidão. Emendas constitucionais posteriores seguem o modelo da Décima Quinta Emenda, preservando o poder do estado de regular o acesso às eleições, mas proibindo os estados de impedirem a votação: das mulheres (XIX, 1920), das pessoas que não paguem uma taxa estadual ou local (XXIV, 1964), ou daqueles com mais de dezoito anos (XXVI, 1971).

Emenda XV

Seção 1. O direito de voto dos cidadãos dos Estados Unidos não deve ser negado ou limitado pelos Estados Unidos ou por qualquer estado em razão de raça, cor ou condição anterior de servidão.

Seção 2. O Congresso terá poder para aplicar este artigo pela legislação apropriada. *Proposta pelo Congresso, 26 de fevereiro de 1869. Ratificada em 3 de fevereiro de 1870.*

O assassinato de Abraham Lincoln por John Wilkes Booth, no Teatro Ford, Washington, 14 de abril de 1865.

PARA LEITURA ADICIONAL:

A edição impressa mais completa dos escritos de Lincoln é por Roy P. Basler, *The Works of Abraham Lincoln* (8 volumes; New Brunswick, NJ: Editora Universitária Rutgers, 1947), com dois volumes suplementares; existe uma versão de pesquisa on-line: https: //quod.lib.umich.edu/l/lincoln/

A Biblioteca do Congresso publicou a maior parte de sua coleção de artigos sobre Lincoln: https://www.loc.gov/collections/abraham-lincolnpapers/about-this-collection/

O *Lincoln Legals Project* documenta as práticas jurídicas de Lincoln: http://www.lawpracticeofabrahamlincoln.org/Search.aspx

A seleção mais confiável dos escritos de Lincoln é a edição em dois volumes, preparada por Don E. Fehrenbacher (Nova York: Library of America, 1989). Veja também David S. Reynolds, ed., *Lincoln's Selected Writings* (Norton Critical Edition) (Nova York: WW Norton, 2015). *Recollected Words of Abraham Lincoln* de Don E. Fehrenbacher e Virginia Fehrenbacher (Stanford, CA: Stanford University Press, 1996) são inestimáveis; apresenta centenas de relatórios; elaborados por outros, de assuntos discutidos por Lincoln com avaliações de confiabilidade desses relatórios.

BIOGRAFIAS:

• Richard J. Carwardine, *Lincoln*. Harlow, Essex, U.K.: Pearson Longman, 2003. New York: Alfred A. Knopf, 2006.

• Ronald D. White, *A. Lincoln: A Biography*. New York: Simon & Schuster, 2009.

• Michael Burlingame, *Abraham Lincoln: A Life (2 vols.)* Baltimore, MD: Johns Hopkins University Press, 2008. O texto está disponível em: https://www.knox.edu/about-knox/lincoln-studies-center/burlingame-abraham-lincoln-a-life

• David Herbert Donald, *Lincoln*. New York: Simon & Schuster, 1995.

• James M. McPherson, *Abraham Lincoln*. New York: Oxford University Press, 2009.

• Stephen B. Oates, *With Malice toward None: A Life of Abraham Lincoln*. New York: Harper & Row, 1977.

• Benjamin P. Thomas, *Abraham Lincoln: A Biography*. Carbondale, IL: Southern Illinois University Press, 2008 (ed. orig., New York: Knopf, 1952).

• William H. Herndon and Jesse W. Weik, *Herndon's Life of Lincoln*. New York: Da Capo Press, 1983 (ed. orig., 1889).

MONOGRAFIAS

• Gabor S. Boritt, *Lincoln and the Economics of the American Dream*. Urbana, IL: University of Illinois Press, 1994 (ed. orig., Memphis, TN: Memphis State University Press, 1978).

• Robert V. Bruce, *Lincoln and the Tools of War*. Indianapolis, IN: Bobbs-Merrill, 1956.

• Richard N. Current, *The Lincoln Nobody Knows*. New York: Hill & Wang, 1963.

• Richard N. Current, *Lincoln and the First Shot*. New York: Harper & Row, 1963.

• Brian Dirck, *Lincoln the Lawyer*. Urbana, IL: University of Illinois Press, 2007.

• Brian Dirck, *Lincoln and Davis: Imagining America, 1809–1865*. Lawrence: University Press of Kansas, 2001.

• David Herbert Donald, *Lincoln Reconsidered: Essays on the Civil War Era*, terceira edição, revisada e atualizada. New York: Vintage Books, 2001.

• Don E. Fehrenbacher, *Lincoln in Text and Context: Collected Essays*. Stanford, CA: Stanford University Press, 1987.

• Don E. Fehrenbacher, *Prelude to Greatness: Lincoln in the 1850s*. Stanford, CA: Stanford University Press, 1962.

• Eric Foner, *This Fiery Trial: Abraham Lincoln and American Slavery*. New York: W. W. Norton, 2010.

• Timothy S. Huebner, *Liberty and Union: The Civil War Era and American Constitutionalism*. Lawrence: University Press of Kansas, 2016.

• Harry V. Jaffa, *Crisis of the House Divided: An Interpretation of the Lincoln-Douglas Debates*. Chicago: University of Chicago Press, 2009; ed. orig., 1959.

• Harry V. Jaffa, *A New Birth of Freedom: Abraham Lincoln and the Coming of the Civil War*. Lanham, MD: Rowman and Littlefield, 2004.

Mount Rushmore: trabalhadores sob a direção do escultor Gutzon Borglum esculpem a cabeça de Lincoln, que é de granito e mede 20 metros do queixo ao topo da cabeça, South Dakota Black Hills, em 20 de setembro de 1937.

• James M. McPherson, *BattleCry of Freedom: The Civil War Era, 1848–1865*. Edição revisada. New York: Oxford University Press, 2003 (ed. orig., 1988).

• Mark E. Neely, Jr., *The Fate of Liberty: Abraham Lincoln and Civil Liberties*. New York: Oxford University Press, 1991.

• James B. Oakes, *The Radical and the Republican: Frederick Douglass, Abraham Lincoln, and the Triumph of Antislavery Politics*. New York: W. W. Norton, 2007.

•Phillip Shaw Paludan, *The Presidency of Abraham Lincoln*. Lawrence: University Press of Kansas, 1994.

• Mark E. Steiner, *An Honest Calling: The Law Practice of Abraham Lincoln*. DeKalb, IL: Northern Illinois University Press, 2006. Ronald D. White, *The Eloquent President: A Portrait of Lincoln Through His Words*. New York: Random House, 2005.

• Ronald D. White, *Lincoln's Greatest Speech: The Second Inaugural*. New York: Simon & Schuster, 2002.

• T. Harry Williams, *Lincoln and His Generals*. New York: Alfred A. Knopf, 1952.

• Garry Wills, *Lincoln at Gettysburg: The Words that Remade America*. New York: Simon & Schuster, 1991.

• Douglas S. Wilson, *Honor's Voice: The Transformation of Abraham Lincoln*. New York: Alfred A. Knopf, 1998.

• Douglas S. Wilson, *Lincoln's Sword: The Presidency and the Power of Words*. New York: Alfred A. Knopf, 2006.

ÍNDICE REMISSIVO

CRÉDITOS DAS IMAGENS:

Todas as imagens da Biblioteca do Congresso - exceto Topfoto: página 2; Shutterstock: páginas 6, 9, 12, 15, 17, 47, 66, 108, 120, 122, 133, 154, 157.